AF410943

ULYSSE

ET

PÉNÉLOPE,

TRAGÉDIE EN CINQ ACTES.

Haud absit curatis gratia scriptis.

Par R***, d'Angers.

PARIS,

IMPRIMERIE DE CHAIGNIEAU JEUNE,
RUE SAINT-ANDRÉ-DES-ARCS, Nº 42.

1823.

PERSONNAGES.

ULYSSE , roi d'Ithaque.
PÉNÉLOPE , femme d'Ulysse.
TÉLÉMAQUE , fils d'Ulysse.
EURIMAQUE , prince de Samos.
ZOROSTRAS , confident d'Eurimaque (faux traître.)
ARTENOR , confident d'Ulysse.
PHARÈS ,
ARCATE , } capitaines des Gardes.
XIPHARES ,
ARCANTE , grand-prêtre.
ARSINOÉ , confidente de Pénélope.

La scène est à Ithaque.

ULYSSE ET PÉNÉLOPE,
TRAGÉDIE.

ACTE PREMIER.

Le théâtre représente le bord de la mer. On voit d'un côté le palais d'Ulysse, et de l'autre le temple de Jupiter. Au milieu de la scène, la statue de Minerve. La nuit.

SCÈNE PREMIÈRE.

ARCATE, *seul.*

De l'astre de la nuit la clarté vacillante
Disparaît aux rayons de l'aurore naissante ;
L'ombre fuit, le jour vient, sans que l'onde à mes yeux
Présente le vaisseau dont les flancs glorieux
Renferment un héros, notre unique espérance !
Existe-t-il encor ? longue et cruelle absence !
Ulysse ne vient pas , et nos vœux les plus doux
Ne sont point exaucés.

SCÈNE II.

ARCATE , PHARÈS.

ARCATE.
Cher Pharès, est-ce vous ?
Vous venez sur ces bords.....

PHARÈS.
Eh bien , fidèle Arcate,
N'est-il point arrivé ? l'espoir dont on nous flatte
Est-il déçu toujours ?

ARCATE.
Il l'est encor, seigneur ;
Et le ciel irrité , peu touché du malheur
Et des pleurs éternels de notre auguste reine ,
Loin de finir ses maux, veut prolonger sa peine ;
Il n'en faut plus douter. Pourtant, dans le lointain,
Sur les flots mutinés, j'ai cru voir, ce matin,
Un vaisseau qui cherchait à gagner le rivage ;
Mais je crains qu'il n'ait pu résister à l'orage :
Si c'était lui, seigneur ?

PHARÈS.
Peut-être , plus heureux ,
En veillant à mon tour, avec l'aide des dieux,
Je pourrai recueillir ce prince magnanime.
Mais, parlons bas, seigneur, ici tout est un crime !
Et le seul nom d'Ulysse appelle le danger

Sur qui plaint son épouse et voudrait la venger.
  (*Bas.*)
Eurimaque, dit-on, va, dans cette journée,
Aux autels de l'hymen traîner l'infortunée,
Et la contraindre enfin à lui donner sa foi :
Il peut tout en ces lieux, il commande, il est roi ;
Et Pénélope, au sein d'éternelles alarmes,
Adresse en vain au ciel et ses cris et ses larmes.

ARCATE.

Hé ! que fait cependant Télémaque son fils ?

PHARÈS.

Il ne peut rien encore : accablé de soucis,
Il cherche à ranimer dans le cœur d'une mère,
L'espoir consolateur du retour de son père.
Quelquefois, transporté d'un courroux généreux
Il veut frapper au cœur le tyran odieux :
Mais bientôt, connaissant toute son impuissance,
Il s'en remet aux dieux du soin de sa vengeance ;
Et du pied des autels implorant leur secours,
Il demande son père aux dépens de ses jours.
Hélas ! que peut de plus cet enfant intrépide,
Ce prince infortuné, contre un traître, un perfide,
Qui tient tout le pouvoir en ses coupables mains,
Et ne voit plus d'obstacle à ses affreux desseins ?
Rien ne peut l'arrêter : froidement hypocrite,
Il médite en secret, aussitôt qu'on l'irrite,
Et ces nombreux exils, et ces proscriptions,
L'opprobre des tyrans, l'effroi des nations.
Sacrifiant ainsi sans cause et sans contrainte,
Mais par le seul motif d'une honteuse crainte
Et d'une politique affreuse en ses moyens,
La fortune et les jours des meilleurs citoyens.

ARCATE.

Vous me faites frémir ! ainsi, pour notre reine
Plus de repos ; hélas ! toute espérance est vaine :
Pourtant, j'avais pensé que Zorostras...

PHARÈS.

                              Qui ? lui !
Ah ! d'Eurimaque il est le conseil et l'appui.
Je l'ai cru quelque temps un serviteur fidèle,
Un ami de son roi, mais tout d'un coup son zèle...
Je le soupçonne enfin, et dis, en franc soldat,
Qu'il est grand criminel ou grand homme d'état ;
Grand homme, s'il n'a point trahi sa souveraine...
En trompant Eurimaque, il peut sauver la reine...
Mais, ami, c'est assez prolonger l'entretien ;
Attendons tout du ciel, et, sans présumer rien,
Espérons que bientôt nous connaîtrons peut-être
Si Zorostras enfin est ou fidèle ou traître.

La reine dans ces lieux porte ses pas, seigneur ;
Regardez de son front la mortelle pâleur :
Aux noirs soucis livrée, elle se désespère,
Sans accuser le ciel d'une injuste colère.

ARCATE.

Éloignons-nous, Pharès, et, pleins d'un saint respect,
Craignons d'accroître encor ses maux par notre aspect,
L'âme qui du malheur a la triste habitude
Fuit l'éclat, et ne veut rien que la solitude.

SCÈNE III.

PÉNÉLOPE, ARSINOÉ.

PÉNÉLOPE.

Venez, Arsinoé, dans le trouble où je suis
Je ne sais où porter mes pas et mes ennuis ;
De mortels déplaisirs mon ame est possédée :
Sans cesse poursuivie, et sans cesse obsédée
Par l'hommage cruel d'un trop funeste amour,
Sans appui, sans états, je me vois, en ce jour,
De tous les malheureux la plus infortunée.
A te pleurer toujours suis-je donc condamnée ?
Digne fils de Laërte ! ô mon auguste époux !
Ne saurai-je jamais si les dieux en courroux
Ont tranché de tes jours la trame glorieuse
Ou si tu vis encore ? Incertitude affreuse !
Doute désespérant ! Ah ! si quittant ces bords,
Ton ombre, cher Ulysse, a passé chez les morts,
Ne crois pas que long-temps je puisse te survivre :
C'en est fait, et déjà je m'apprête à te suivre,
(à Arsinoé.)
Tout m'en fait un devoir. Ah ! dans les champs troyens,
Parmi tant de héros, environné des siens ,
Ulysse aura péri. Je n'ai plus d'espérance !
Voilà, voilà le prix, ô dieux, qu'à ma constance
Vous avez réservé.

ARSINOÉ.

   Toujours justes et grands,
Les dieux feront cesser tant de soins dévorans.
Espérez, espérez, vertueuse princesse !
Il faut que dans ce jour leur justice paraisse :
Ils détestent le crime, ils aiment vos vertus,
Et vos pleurs et vos cris ne sont point superflus.
Jamais le malheureux en vain ne les implore.
Vous parlez de mourir ! hélas ! vivez encore
Pour ce prince chéri, rejeton précieux
D'un monarque puissant, vainqueur de demi-dieux :

Pour ce fils adoré, le seul espoir d'Ithaque :
Grande reine, vivez enfin pour Télémaque ;
Il nous délivrera de cet ambitieux
Qui nous tient asservis sous son pouvoir affreux.

PÉNÉLOPE.

Télémaque ! ah ! mon fils ! Il est trop jeune encore
Pour me soustraire, hélas, à ce joug que j'abhorre.
Ce prince valeureux ! Que fût-il devenu
Si déjà mille fois je n'avais retenu
Son bras, son faible bras armé pour la vengeance ?
Insensible au danger, il prenait ma défense :
Mais s'il eût succombé, tel eût été mon sort,
Que j'aurais à pleurer en ce moment la mort
De mon illustre époux et d'un fils que j'adore.

ARSINOÉ.

Se pourrait-il ? ô ciel !

PÉNÉLOPE.

                Ce prince, à son aurore,
Objet infortuné du céleste courroux,
D'Eurimaque, sans doute, eût péri sous les coups,
Mais jusqu'ici, cédant à ce cœur sanguinaire,
J'ai pu de dessus lui détourner sa colère.

ARSINOÉ.

Si le ciel, reprenant des sentimens plus doux,
A conservé les jours d'un fils digne de vous,
Il fera plus encor, ô vertueuse femme !
Il portera la paix dans le fond de votre âme,
En vous rendant aussi l'époux que vous pleurez :
Donnez quelque repos à vos sens déchirés ;
Il est un terme à tout. Que n'ai-je la puissance
D'adoucir votre sort, reine dont la constance
Commande le respect et l'admiration !
Tu régnerais encor souverain d'Illion,
Père trop malheureux, dont la coupable fille
A porté le trépas au sein de ta famille,
Infortuné Priam, tu régnerais, hélas !
Si l'épouse infidèle au lit de Ménélas
Avoit eu des vertus... Oui, vous serez heureuse ?
D'un songe, cette nuit, l'illusion flatteuse
M'a fait voir votre époux arrivant en ces lieux.

PÉNÉLOPE.

Un songe est un prestige ; eh ! quelle foi, grands dieux,
Y peut-on ajouter sans honte et sans faiblesse ?
Cependant mon esprit, plein d'une douce ivresse,
Reçoit avec plaisir, saisit avec ardeur
Tout ce qui peut flatter et nourrir son erreur.
A de généreux soins votre zèle s'applique :
Vous savez que l'espoir est mon refuge unique,

Et sensible à mes maux, princesse, vous voulez
Redonner l'espérance à mes sens désolés.

ARSINOÉ.

Oui, j'ai vu ce héros conduit par la sagesse,
Ayant à ses côtés son fils dont la tendresse
Éclatait au milieu d'un cortége nombreux.
Le peuple les suivait : ses flots tumultueux
Se pressaient, inondaient ce fortuné rivage...
Son air était divin, bien qu'altérés par l'âge,
La fatigue des camps, et sur-tout la douleur;
Ses traits avaient repris leur première fraîcheur
En revoyant ces lieux témoins de son enfance,
Et trop long-temps privés de sa noble présence.
Il avançait ainsi d'un pas majestueux,
Environné d'amis et d'un peuple d'heureux,
Qui, remplis de respect et d'une sainte ivresse,
Faisaient retentir l'air de leurs chants d'allégresse,
Et rendaient grâce aux dieux.

PÉNÉLOPE, *avec feu.*

Quel spectacle enchanteur;
Princesse, en ce moment vous offrez à mon cœur !

ARSINOÉ.

Ses sujets cependant, pour mieux lui rendre hommage,
De fleurs et de lauriers parsemaient son passage;
S'approchaient, et d'un œil avide et curieux
Contemplaient de leur roi le front victorieux.
Le plaisir le plus pur brillait sur les visages;
Le ciel était serein; dégagé de nuages
Le soleil éclairait de son divin flambeau
L'aspect délicieux d'un si rare tableau;
Et semblait concourir à rendre intéressante
Cette scène, d'ailleurs si belle et si touchante.
On arrive au palais... Mes sens, en ces instans,
N'ont pu, trop agités, reposer plus long-temps,
Et le réveil bientôt rompant leur inertie,
En détruisant l'erreur m'a rendue à la vie.
Délicieuse erreur ! ô douloureux réveil !
Voilà ce que j'ai vu, madame, en mon sommeil :
Dans les songes affreux, dans les songes terribles,
Notre esprit, tourmenté de sentimens pénibles,
Nous éveille trop tard suivant notre désir :
Mais hier je le fus par l'excès du plaisir,
Et le ciel m'aurait fait une faveur entière,
S'il eût rendu moins tôt mes yeux à la lumière,
Et plus long-temps offert à mon cœur enchanté
Le magique tableau de la réalité.
Je ne suis, je le sais, qu'une faible mortelle,
Et crois peu qu'à mes yeux l'avenir se décèle :

Mais, grâce à la nature, en nos plus grands tourmens
Nous avons quelquefois de doux pressentimens,
Qui dans le fond du cœur ramènent l'espérance,
Rendent la force à l'âme et calment la souffrance.

PÉNÉLOPE.

C'est assez ! c'est assez !

ARSINOÉ.

Ah ! qu'un prince est heureux
Lors qu'ainsi de son peuple il recueille les vœux !
Non, la grandeur alors n'est point un vain prestige.

PÉNÉLOPE.

Jamais nous ne verrons, princesse, un tel prodige.

ARSINOÉ.

Le ciel se lassera de vous persécuter.

PÉNÉLOPE.

Depuis long-temps mes cris ne font que l'irriter.

ARSINOÉ.

Dans un songe parfois il daigne nous apprendre
Ce qui doit arriver.

PÉNÉLOPE.

Puisse-t-il nous entendre,
Et nous aider, hélas ! dans de si grands besoins !
Ne pourrai-je jamais de vos généreux soins,
Princesse, vous offrir la juste récompense ?
Sans les malheurs d'Ulysse et sa mortelle absence,
Je vous nommais ma fille : il m'eût été bien doux
De pouvoir aujourd'hui vous donner pour époux...
Il n'y faut point penser. ..... Dans ces momens d'alarmes,
Ah ! ne songeons plutôt qu'à répandre des larmes.
Eurimaque en ce jour.... jour de deuil et d'effroi !
C'en est fait ! dès demain je ne suis plus à toi,
Cher époux, et des dieux l'éternelle injustice
Dans ce cruel hymen apprête mon supplice.

ARSINOÉ.

Dieux cruels, quel malheur ! quel horrible destin !
Quoi ! le moment fatal serait aussi prochain ?
Eh ! ne pourriez-vous pas, dans cette peine extrême,
User, pour quelque temps, d'un nouveau stratagème,
Grande reine, et trouver des secours contre lui,
Des princes vos voisins en implorant l'appui ?
Oui : tous, pour se couvrir d'une gloire immortelle,
Prendront, n'en doutez point, part à votre querelle ;
Et par mille vertus apprendront aux humains,
Qui souvent jugent mal le cœur des souverains,
Que l'audace et le crime, en désolant la terre,
N'ont que le faux brillant d'un succès éphémère.

PÉNÉLOPE.

Il les a terrassés, princesse, et, désormais
Nul ne peut s'opposer à ses affreux projets.
Tel est l'arrêt du ciel : victime déplorable
Je dois, je dois former ce lien détestable ;
L'intérêt de l'état, l'intérêt de mon fils,
Tout exige, en un mot, que nous soyons unis.

ARSINOÉ.

Depuis que par les Grecs Ilion consumée
A vu ses murs détruits, jamais la renommée,
En publiant la gloire et les exploits fameux
De tant de rois héros, de héros demi-dieux,
Qui devant ses remparts ont mordu la poussière,
N'a dit que votre époux eût fini sa carrière.
Il vit, et sur son sort nos doutes vont cesser :
Oui, bientôt dans vos bras vous pourrez le presser :
Au plaisir de le voir livrez déjà votre ame,
Et de l'espoir encor nourissez votre flamme.

PÉNÉLOPE.

Ah ! c'est ce seul espoir qui fait tout mon soutien :
Mais, cependant, quel dieu, son ennemi, le mien ;
Injuste en son courroux, barbare en sa furie,
L'enlève aussi long-temps aux vœux de sa patrie ?
Que dois-je en augurer ? Agamemnon, Pyrrhus,
Philoctète, Nestor, guerriers dont les vertus
Constamment aux grands rois serviront de modèles,
Ont revu leurs foyers et leurs peuples fidèles ;
Mais Ulysse, éprouvant du destin la rigueur,
N'aura point obtenu cette insigne faveur!...
Qu'avons-nous fait au ciel ?

ARSINOÉ.

        Quelqu'un ici s'avance ;
Madame, observons-nous et gardons le silence.
C'est votre fils : il vient, il semble méditer ;
Quelque nouveau projet paraît l'inquiéter.

SCÈNE IV.

PÉNÉLOPE, ARSINOÉ, TÉLÉMAQUE.

TÉLÉMAQUE.

Dans ces lieux le pontife à l'instant va se rendre.
Nous venons tous les deux offrir à vos vertus
Le tribut des respects, reine, qui leur sont dus....
Il faut enfin parler ! Depuis long-temps, madame,
J'ai, par égard pour vous, dans le fond de mon âme
Renfermé ce courroux légitime et sacré,
Ce courroux par Minerve elle-même inspiré.

N'arrêtez plus l'élan de mon mâle courage :
Je veux tout hasarder ; en tardant davantage,
On pourrait soupçonner, par ce honteux repos,
Que peu digne de vous et d'un si grand héros,
J'ai démenti le sang qui me donna la vie.
Nos malheurs sont connus ; et l'Europe et l'Asie
Fixent les yeux sur nous, et ne s'attendent pas
Qu'on puisse me prêter des sentimens si bas,
Et que l'on pense enfin que né sans caractère,
Je laisse plus long-temps persécuter ma mère.
Madame, il faut changer notre condition :
Il en est temps encor. L'état d'oppression,
De tout bien ennemi, n'est point dans la nature :
Il ne peut pas durer ; mais si parfois il dure,
C'est aux dépens toujours de cet ensemble heureux
Qui met en harmonie et la terre et les cieux.
Mais j'en jure par vous, chère et triste victime,
Eurimaque jamais n'achèvera son crime.
Ne me retenez plus ; vous voudriez en vain
Le dérober encore aux coups que cette main
S'apprête à lui porter en dépit de vos larmes.
Madame, nous avons des amis et des armes ;
Des amis disposés à s'immoler pour vous ;
Nous voulons vous sauver, oui ; nous conspirons tous !
Daignez encourager l'ardeur qui nous anime :
Ah ! pour la réprimer elle est trop légitime.
J'attends un plein succès d'un effort aussi grand :
Est-il si mal aisé d'abattre le tyran ?
Grands dieux ! que je le hais ! Dans ma fureur extrême,
Que ne puis-je à vos yeux, et dans ce moment même,
Percer de mille coups votre infâme oppresseur.
Fasse le ciel, hélas, en comblant mon bonheur,
Qu'après autant d'horreurs, enfin il me permette
De rendre à mon pays le héros qu'il regrette.

PÉNÉLOPE.

Combien je vous admire ! Ah ! qu'il plaît à mon cœur
De voir briller en vous cette insigne valeur !
A ces justes transports, à cette ardeur guerrière,
Prince, je reconnais le digne sang d'un père
Dont les hautes vertus, en paix comme aux combats,
Firent pendant long-temps le bonheur des états
Et des peuples divers soumis à sa puissance :
Mais à tant de valeur il joignait la prudence ;
Et, pour l'imiter, prince, ah ! songez qu'aujourd'hui
Il vous faut être sage et prudent comme lui,
Et pouvoir modérer, cacher avec adresse
Cette juste fureur qui vous meut et vous presse,

Et qui pourrait aussi trop loin vous entrainer.
Ah ! croyez que le temps pourra seul amener
Ce changement heureux que votre âme sonffrante
Attend avec l'ardeur d'une soif dévorante.
De la plus tendre mère écoutez les avis.
Les dieux sont tout-puissans ; ils peuvent, mon cher fils ,
Nous rendre, dans ce jour, mon époux, votre père.....
Respectons leurs décrets ; et, si je vous suis chère ,
Ne tentez point encor des efforts superflus ;
Vous péririez, seigneur, et nous serions perdus.

TÉLÉMAQUE.

En attendant ainsi l'on dépense la vie ,
Et toujours de l'espoir l'espérance suivie
En flattant notre esprit prolonge notre erreur ,
Madame, et nous retient sous la main du malheur.

(A Arcante.)

Que résoudre ? Que faire ? Qu'avez-vous à nous dire ,
Pontife souverain ? Ah ! daignez nous instruire
De l'excès de nos maux.

SCÈNE V.

Les précédens , ARCANTE ou le Grand-Prêtre.

ARCANTE.

Ils sont comblés , hélas !
Eurimaque me suit : il marche sur mes pas.
Dans un instant ici vous le verrez paraître
Pour vous dicter des lois et vous parler en maître ;
J'ai fait pour le toucher d'inutiles efforts ;
Mais il est sans pitié tout comme sans remords.
Le cruel vous poursuit, vous atteint, vous opprime ,
Madame , et dans ce jour réclame sa victime.

TÉLÉMAQUE.

Hé quoi ! vous l'entendez , et pouvez retenir ,
Reine , ce bras exprès armé pour le punir.

ARSINOÉ.

Juste ciel ! le voici.

TÉLÉMAQUE.

Je frémis de colère !

ARCANTE.

Modérez-vous , seigneur.

PÉNÉLOPE.

Mon fils , qu'allez-vous faire ?

SCÈNE VI.

LES PRÉCÉDENS , EURIMAQUE , GARDES.

EURIMAQUE.

Il est donc arrivé ce précieux instant
Où je vais recevoir d'un amour si constant

Et de mes tendres soins le digne prix, Madame !
Qu'il tardait à mon cœur, qu'il tardait à ma flamme,
Et que j'étais blessé de vos dédains cruels !
Hâtons-nous de serrer ces liens solennels
Qui fixent pour toujours ma belle destinée :
Ma fortune à la vôtre à jamais enchaînée,
Me promet un bonheur et durable et certain.
Qui ne serait heureux du don de votre main !
Pour vous rendre propice aux vœux de ma tendresse,
J'ai modéré le feu de l'amour qui me presse ;
J'ai retardé long-temps, bien que tant de lenteurs
Fissent naître en mon sein mille et mille douleurs :
Mais un plus long retard n'est pas en ma puissance ;
Terminez ces délais dont mon orgueil s'offense,
Madame, et songez bien qu'un aussi vif amour
Doit être au moins payé par un peu de retour.

PÉNÉLOPE.

Je vous obéirai ; mais je le dis sans crainte,
Je cède en ce moment, cruel, à la contrainte !
Eh ! qu'oserais-je, hélas ! opposer à vos vœux,
Lorsque vous pouvez tout et règnez en ces lieux ?...
Attendant que le vain et bizarre édifice
D'un pouvoir élevé des mains de l'artifice,
Maintenu par la force et de sang cimenté,
Tombe aux coups d'un destin justement irrité.

EURIMAQUE.

Cette soumission et me plaît et me touche :
Mais j'aurais souhaité, reine, que votre bouche
M'eût appris que l'amour dont je nourris l'ardeur,
Avait pu surmonter votre injuste rigueur,
Et que votre âme enfin de soucis dégagée,
Partagerait l'ivresse où la mienne est plongée :
Mais j'étais dans l'erreur, et je dois le penser
D'après ces tristes pleurs que je vous vois verser.
Lorsque le temps aura banni votre tristesse,
Alors vous connaîtrez le prix de ma tendresse.
Je vous laisse, et m'en vais ordonner les apprêts
D'une union qui met le comble à mes souhaits.

SCÈNE VII.

PÉNÉLOPE, ARSINOÉ, TÉLÉMAQUE, ARCANTE.

PÉNÉLOPE.

Vous le voyez, mon fils ; vous le voyez, Arcante.

ARCANTE.

Grande reine, cessez cette plainte touchante ;
Le ciel peut aujourd'hui, même au pied de l'autel,
Foudroyer à nos yeux ce prince criminel,

Et frapper de stupeur, par ce terrible exemple,
L'univers étonné qui tous deux vous contemple.
Allons, et puissions-nous, protégés par les dieux,
Alléger en ce jour votre sort rigoureux;
Et puisse le destin, à nos vœux plus propice,
Ramener à vos pieds le malheureux Ulysse.

FIN DU PREMIER ACTE.

ACTE II.
SCÈNE PREMIÈRE.

EURIMAQUE, ZOROSTRAS, Gardes.

ZOROSTRAS.

Seigneur, vous triomphez, et vos rivaux vaincus
Ainsi qu'une vapeur sont enfin disparus,
Ne laissant après eux que la seule mémoire
De leur défaite entière et de votre victoire :
Rien n'a pu résister au choc de vos soldats.
Vous avez découvert le secret des combats ;
Et de vos ennemis les troupes alarmées
Toujours fuiront devant vos puissantes armées.
Tout l'honneur est pour vous, et la honte est pour eux.
Où pourrez-vous porter un front si radieux
Où règne tant de gloire et tant de modestie,
Sans de toute la terre armer la jalousie ?
   Et Pénélope aussi, dépouillant tout dédain,
Vient d'accueillir vos vœux et vous donne sa main.
Après tant de refus, d'un heureux hyménée
Vous allez donc serrer la chaine fortunée,
Seigneur, et tout succède au gré de vos désirs.
Sans cesse environné d'honneurs et de plaisirs,
Vos jours s'écouleront, exempts d'inquiétude,
Au milieu de sujets de qui l'unique étude
Sera de mériter chaque jour vos bienfaits.
Digne de vous en tout, votre cour, désormais,
De vous seul empruntant son éclat, sa richesse,
Sera le rendez-vous des princes de la Grèce,
Qui tous viendront en foule et pour vous admirer,
Et s'instruire sous vous dans l'art d'administrer.
De vos brillans destins et de votre fortune
Jouissez, sans que rien n'altère et n'importune
La paix que vous venez de conquérir, seigneur ;
Qui pourrait maintenant troubler votre bonheur ?
Vos ennemis domptés craignent votre puissance,
Et d'Ulysse aujourd'hui l'inutile présence,

Ne pourrait rien changer dans cet heureux séjour.

EURIMAQUE,

Ah ! je suis loin , seigneur , de craindre son retour :
Ulysse , dès long-temps jeté par la tempête
Dans quelque île déserte où son destin l'arrête,
Languit , n'en doutez point, bien loin de nos climats ,
Et ne pourra jamais rentrer dans ses états.
Peut-être qu'amoureux de quelqu'autre mortelle,
Ou bien d'une déesse, il oublie auprès d'elle,
Dans les tendres transports d'un doux engagement,
Ses états, son épouse, et son premier serment :
Tandis que Pénélope , en proie à la tristesse,
Attendant vainement l'objet de sa tendresse,
A l'amour insensible, insensible aux plaisirs ,
Exhale chaque jour d'inutiles soupirs....
Ou plutôt il n'est plus, et des ondes victime,
Il aura vu des mers la profondeur , l'abîme,
Engloutir ses vaisseaux , ses compagnons et lui.
Eh ! comment pourrait-il m'échapper aujourd'hui ?
Si le ciel , achevant de combler sa misère,
Le faisait aborder , ami , sur cette terre ,
Au lieu d'y retrouver un séjour plein d'appas,
Il y rencontrerait la mort à chaque pas.

ZOROSTRAS.

J'en suis certain, seigneur , dès long-temps ma pensée
De croire à son retour s'est déjà refusée.
Poursuivi par un dieu d'Ilion protecteur ,
Il a subi les lois d'un trépas plein d'horreur :
Même on dit que Vénus , dans sa juste colère,
Vient enfin d'obtenir de Jupiter son père ,
Que sur les flots les Grecs incessamment errans ,
Se verront exposés aux périls les plus grands,
Sans pouvoir aborder à la rive chérie
Du pays toujours beau que l'on nomme patrie :
Elle punit ainsi des vainqueurs trop cruels.
Si ce sont là , seigneur , les décrets immortels,
Et si telle des Grecs dût être la fortune,
Ulysse doit souffrir de la peine commune ,
Et ne reviendra plus à présent en ces lieux,
Pour troubler le beau jour qui va vous voir heureux.
Mais ne craignez-vous pas que le fils de la reine,
Irrité de trouver son espérance vaine ,
Ne forme contre vous de téméraires vœux.

EURIMAQUE.

Eh ! qu'ai-je à redouter de ce présomptueux ?
Que peut-il maintenant ? Les amis de sa mère
Dont à mes intérêts le zèle était contraire ,

Après quelques complots déjoués sans péril,
Ont vu finir leurs jours dans un honteux exil.
Aimant encor la vie, il n'aura pas, je pense,
Et l'audace qu'il faut, et la vaine imprudence
De hasarder ici d'enflammer mon courroux :
Et s'il faut, en un mot, Zorostras, qu'avec vous,
Dans ce même moment sans détour je m'explique,
Il est de ces moyens connus en politique,
Dont je me servirai quand il en sera temps :
Vous m'entendez, ami; gardez dans ces instans
De tourmenter mon cœur par de fausses alarmes;
De la terreur je veux, abandonnant les armes,
Régner, si je le puis, oui, régner sans sévir.
Et vous, qu'on vit sans cesse ardent à me servir,
Vous qui parlez ainsi par un excès de zèle,
Je récompenserai votre amitié fidèle;
Et j'espère, seigneur, m'acquitter envers vous,
En rendant les grandeurs communes entre nous :
Partagez mes trésors, mon rang, mon diadéme
Et régnez sur Ithaque à l'égal de moi-même.
A vos rares vertus je rends ce que je dois.
Les bons ministres font la puissance des rois.
Oui; de ma bienveillance apprenez à ces marques
Qu'on trouve peu d'ingrats parmi les vrais monarques;
Et que si, trop souvent, par l'intrigue assailli,
Le vrai mérite meurt dans un indigne oubli,
Il faut plaindre les grands dont la bonté déçue
Ne punit pas la main qui dans l'ombre le tue :
Mais quand la vérité, trop lente en ses effets,
Accuse enfin l'envie usurpant leurs bienfaits,
Dans le noble courroux dont leur âme est saisie
Leur équité frémit d'être si mal servie;
Et de voir le mensonge, en son impiété,
Protéger l'ignorance et l'immoralité;
Et par mille moyens et perfides et bas,
Détruire le repos des rois et des états.

ZOROSTRAS.

Ami de l'équité, toujours j'eus pour maxime
D'aider, de secourir le faible qu'on opprime;
De l'éclat des grandeurs je ne suis point épris;
Mon cœur de mes travaux attend un autre prix :
Défendre la vertu si contre elle on conspire,
Voilà, seigneur, voilà le bonheur où j'aspire.
Vos bontés cependant assurent mes destins;
Mais, sans vous arrêter dans de si grands desseins,
Conservez-moi toujours cette faveur insigne
Dont je ne me suis point encore rendu digne,

Et ne vous occupez qu'à jouir du beau jour
Où Pénélope enfin couronne votre amour.
La douleur des mortels ne peut être éternelle.
Celle de Pénélope, encor que bien cruelle,
Disparaîtra sans doute à l'aspect du bonheur
Que vient lui présenter le don de votre cœur.

EURIMAQUE.

Vous le savez, seigneur, de quelle indifférence
Elle a payé mes soins et ma persévérance,
Et cette passion, qui maîtrisant mon cœur,
Dans mon ame a semé mille accès de fureur,
De tendresse, d'orgueil, et d'amour et de haine.
Que n'ai-je point souffert de son humeur hautaine ?
De la ruse faisant jouer tous les ressorts,
Et du plus tendre amour méprisant les transports,
N'a-t-elle pas fait naître obstacles sur obstacles ?
Mais pour la conquérir j'ai produit des miracles.
J'ai combattu dehors, j'ai combattu dedans,
Et les amis d'Ulysse, et tous ces prétendans
Qui voulaient me ravir Pénélope et le trône ;
Je les ai tous vaincus ; cependant, ma couronne,
Mes triomphes, ma gloire, et sur-tout le plaisir
D'avoir subjugué tout au gré de mon désir,
Ne peuvent, je le sens, satisfaire mon âme,
Si je ne suis vainqueur de sa première flamme.

ZOROSTRAS.

Ah ! que ne peut l'amour dominant un grand cœur !
Oubliez ses dédains, oubliez sa froideur ;
Et l'injuste fierté dont elle fut armée ;
Plus facile à céder, vous l'eussiez moins aimée ;
Et d'un succès plus prompt vos soins ardens suivis,
N'auraient point enfanté tant d'exploits inouis.

EURIMAQUE.

C'est assez, Zorostras ; ma flamme est satisfaite,
Vainqueur de mes rivaux, si je fais sa conquête.
De ma part cependant allez la prévenir
Qu'un instant dans ces lieux je veux l'entretenir.

SCÈNE II.

EURIMAQUE, *seul.*

Zorostras a raison ; et le fils de la reine
Par sa présence ici me fatigue et me gène.
De quel œil, en effet, ce prince peut-il voir
Un hymen qui réduit sa mère au désespoir ?
Je voudrais l'éloigner... le faire disparaître...
Mais, comment parvenir à ce but... Ah ! peut-être...
Elle vient. La voici.

SCÈNE III.

EURIMAQUE , ZOROSTRAS , PÉNÉLOPE, ARSINOÉ ,
gardes.

EURIMAQUE.

Reine , permettez-vous
Qu'au moment de former des nœuds pour moi si doux,
Je vous apprenne au moins combien je m'intéresse
Au sort de votre fils, dont la tendre jeunesse
Sans retour se perdrait dans un repos honteux.
J'ai pensé qu'il était important pour nous deux
D'ouvrir à son courage une illustre carrière ,
Digne de son grand cœur, et qui mette en lumière
Que ce prince est issu du noble sang des rois.
Dont Ithaque jadis reconnaissait les lois.
Dès long-temps je médite une attaque secrète,
Une expédition contre l'île de Crète ;
Je charge votre fils de ce coup important ;
Je lui fais cet honneur ; mais qu'il parte à l'instant !
Un seul moment plus tard ferait de l'entreprise
Manquer tout le succès.

PÉNÉLOPE.

O douleur ! ô surprise !
Voilà , voilà le coup que je craignais le plus.

EURIMAQUE.

Eh ! madame, calmez vos esprits éperdus !
Bientôt vous reverrez une tête si chère.

PÉNÉLOPE.

Ah ! malheureuse reine, ah ! malheureuse mère,
Ainsi, dans un seul jour, par vous ? prince cruel ,
Je sens mon cœur frappé deux fois du coup mortel,
Deux fois de votre main je meurs assassinée.
Mais hélas ! qu'as-tu dit, ô mère infortunée ?
Pardonnez ! pardonnez ! j'embrasse vos genoux :
Ah ! laissez-moi mon fils.

EURIMAQUE.

Madame , levez-vous.
Je m'irrite de voir en vous tant de foiblesse.
De vos sens soulevés vous rendant plus maîtresse,
Cessez sur son départ de trop vous attendrir :
On vous rendra ce fils ; il ne va pas mourir ;
Moi-même dans ce jour je lui tiens lieu de père.

ARSINOÉ (à part.)

Quel hypocrite froid ! Quel monstre sanguinaire !

PÉNÉLOPE.

Eh ! qui me répondra, barbare , de ses jours ?

EURIMAQUE.

Mais, qui vous dit qu'on veuille en arrêter le cours ?

Chassez, chassez, madame, une telle pensée ;
Par ces soupçons cruels ma grande âme est blessée.
Ah ! laissez-le quitter un instant ses foyers,
Pour revenir vers vous couronné de lauriers
Déposer à vos pieds les fruits de sa victoire
Et vous montrer un front tout rayonnant de gloire.

PÉNÉLOPE.

Ah, seigneur !...

EURIMAQUE.

Il suffit, laissons cet entretien,
Pénible à votre cœur, offensant pour le mien.
Oui, pour sa propre gloire, il faut que Télémaque,
Madame, au même instant sorte du port d'Ithaque.

PÉNÉLOPE.

Heureux, heureux l'enfant qui favoris du sort,
En même temps reçoit et la vie et la mort ;
Il s'affranchit ainsi, le jour de sa naissance,
Des pénibles chagrins qui suivent l'existence.
(A Arsinoé.)
Princesse, allons mourir puisque les dieux jaloux
M'enlèvent à la fois mon fils et mon époux.

(En sortant elle rencontre Télémaque et lui parle.)

SCÈNE IV.

EURIMAQUE, ZOROSTRAS.

ZOROSTRAS.

Ce changement subit a droit de me surprendre.
Je l'avourai, seigneur, je n'ai pas dû m'attendre
A vous voir confier vos ordres souverains
Et d'aussi grands projets en de si foibles mains.
Que peut-on espérer de l'unique vaillance,
De ce jeune imprudent, qui, sans expérience,
Et d'une vaine ardeur follement transporté,
Va tout sacrifier à sa témérité.
Eh ! depuis quand, seigneur, dans cette grande affaire,
Avez-vous pu former un dessein si contraire
Au succès presque sûr que nous en attendons.

EURIMAQUE.

Vous le saurez bientôt et nous en parlerons.
On vient à nous, seigneur, c'est le prince lui-même :
Qu'il connaisse par vous ma volonté suprême ;
Et s'il en murmuroit, qu'il sache en frémissant,
Que l'on s'expose à tout me désobéissant.

SCÈNE V.

ZOROSTRAS TÉLÉMAQUE. *(Ils s'observent un instant.)*

ZOROSTRAS.

Eurimaque, seigneur, m'a chargé de vous dire....

TÉLÉMAQUE.

Épargnez-vous le soin, Zorostras, de m'instruire,
Déjà j'ai tout appris... Et l'ordre de partir....
On vient de le donner...

ZOROSTRAS.

Il faut y consentir,
Et mériter par là, , prince, l'honneur insigne
Dont notre souverain, tantôt, vous a cru digne.
Non, je n'en doute point...

TÉLÉMAQUE.

Oui, oui, je partirai :
Mais seigneur, croyez-moi, bientôt je reviendrai
A son persécuteur pour arracher la reine,
Et ne laisserai point sa fortune incertaine.

ZOROSTRAS.

Ah ! prince, mettez fin à ces emportemens ;
Et livrant votre cœur à d'autres sentimens,
Modérez, tempérez ce bouillant caractère,
Ces transports éclatans, ces accès de colère,
Qu'un âge jeune encor ne pourrait excuser :
Eurimaque est puissant ; craignez de l'offenser,
Et si de grands malheurs causent votre souffrance,
Prince, sachez souffrir et souffrir en silence.
Sur la force de l'ame, ah ! ne vous trompez pas,
On peut être un héros autre part qu'aux combats :
Et l'homme généreux qui consacre sa vie
A défendre le faible attaqué par l'envie,
A résister au sort qui l'accable de maux ;
Ce mortel là, je crois, est vraiment un héros.
Admirez avec tous une vertu si belle,
Et veuillez en ce jour la prendre pour modèle.

TÉLÉMAQUE.

Si je n'avais, seigneur, à répandre des pleurs
Que sur mon triste sort et mes propres malheurs,
On me verrait l'œil sec, d'une âme peu commune,
Essuyer tous les coups d'une injuste fortune.
Mais ici je me sens frappé mortellement !
Et vous voulez, ah ! ciel, que bien tranquillement
Je puisse envisager de la femme d'Ulysse,
De ma mère, seigneur, l'hymen et le supplice :
Je le voudrais en vain. Non, ne l'espérez pas.
Est-ce vous que j'entends ? et se peut-il, hélas !
Que de l'ambition la voix douce et trompeuse
Ait pu faire changer votre âme vertueuse,

Et ravir à mon père, à la reine, aujourd'hui,
Un zélé défenseur et leur plus ferme appui.
Ce discours vous déplaît, seigneur, par sa rudesse;
Et peut-être déjà, blâmant ma hardiesse,
Vous trouvez étonnant et téméraire à moi
D'oser ainsi parler au favori d'un roi?
Je sais, je sais à quoi ce langage m'expose;
Mais sans rien redouter et sans voir autre chose,
Je n'examine, moi, que le pressant danger
Où sans cesse aujourd'hui l'on cherche à nous plonger.
Cette expédition a pour vrai but, je pense,
D'écarter de ces lieux un fils dont la présence,
Le juste désespoir et les nobles efforts,
Pourraient inquiéter, briser en ses ressorts,
D'Eurimaque, seigneur, l'affreuse politique.
Oui, oui, de mon départ voilà le but unique :
Je le vois, je le sens, tout vient me l'accuser,
Et sur ce grand objet on ne peut m'abuser.
Et vous voulez encor tempérer ma colère!
Ce que je fais ici, l'on vous le verrait faire,
Seigneur, si le destin voulant vous éprouver,
Vous laissait en ce jour une mère à sauver.
On redouble ses maux à souffrir sans se plaindre:
Non! dans l'excès des miens je n'ai plus rien à craindre,
Et vouloir réprimer mes transports délirans,
C'est prétendre opposer un obstacle aux torrens.

ZOROSTRAS.

Loin d'aigrir mon courroux, d'appeler ma vengeance,
Prince, votre discours n'offre rien qui m'offense,
Et j'aime à voir en vous, dans ce moment fatal,
Cette témérité, cet amour filial,
Qui vous fait braver tout pour affranchir la reine
De cet hymen, seigneur, dont elle hait la chaîne.
Je ne vous blâme point; mais je crains seulement
Que d'un cœur ulcéré l'aveugle mouvement
Ne vous fasse essayer, séduit par l'espérance,
Quelque projet contraire aux lois de la prudence.
Pensez-y bien enfin; écoutez ces avis
Qui, j'ose l'espérer, par vous seront suivis.
Ne vous étonnez pas de cette bienveillance :
Je puis bien sans trahir l'ordre et la confiance
Du prince que je sers vous les donner, seigneur.
De la reine veuillez respecter la douleur;
Et ne point ajouter au soin qui la dévore
Le chagrin plus cruel, plus accablant encore
De perdre en vous un fils qui fait tout son amour.
Si votre père a vu le ténébreux séjour,

Que voulez-vous, hélas! désormais qui lui reste ?
Epargnez-lui du moins ce désespoir funeste.
Hâtez votre départ, ô prince infortuné!
Eurimaque le veut, et l'ordre en est donné.
Ah! croyez que des dieux la bonté protectrice
N'abandonnera point le successeur d'Ulysse:
Mais si, contre son gré, vous restez en ces lieux,
Gardez-vous bien sur-tout de paraître à ses yeux.

SCENE VI.

TÉLÉMAQUE *seul*.

Dieux, quelle est ma surprise, et que viens-je d'entendre!
Ce qui ce passe en moi ne saurait se comprendre.
Quoi! de notre oppresseur l'auguste partisan,
Et de sa volonté l'organe complaisant,
Zorostras envers nous montre une âme sensible ?
Ah! que dois-je en penser? ciel! serait-il possible?...
 (*Il réfléchit.*)
Souvent l'homme d'état, dans des temps agités,
Par les évènemens pressé de tous côtés,
Quelquefois par raison, et quelquefois par crainte,
Quoique aimant bien le vrai, doit employer la feinte:
Imitant en cela le fragile vaisseau.
Qui vogue en un gros temps légèrement sur l'eau,
Et, par mille détours, évite avec adresse,
Mille écueils que la mer oppose à sa foiblesse...
Oserais-je penser que trompant le tyran?...
J'espère en vain, hélas! et mon cœur se méprend.
Zorostras, je le vois, se rit de ma jeunesse.
Il a d'un imposteur la fourbe et la souplesse.
Il ne peut s'attendrir sur notre affreux destin.
S'il avait cependant le généreux dessein
De protéger la reine... il en a la puissance,
Mais... il m'en aurait fait au moins la confidence.
Ah! c'est trop m'abuser! dissipons une erreur
Qui séduit à la fois et mes sens et mon cœur,
Et ne voyons en lui qu'un ingrat, un parjure,
Dont l'âme ne connut jamais que l'imposture.

FIN DU SECOND ACTE.

ACTE III.

SCÈNE PREMIÈRE.
ULYSSE, ARTENOR, PHARÈS.

ULYSSE.

De mon étonnement je ne puis revenir;
De fureur et d'effroi je sens mon corps frémir.

Ce que tu dis , Pharès, est-il bien véritable ?
Jusqu'ici ton récit me semble épouvantable.
Justes dieux! quelle horreur ! Le ciel a donc sur nous
Voulu , dans sa colère, épuiser tous ses coups ,
Et me faire éprouver toute son injustice,
En me traînant ainsi de supplice en supplice.
Quoi! tant d'événemens que je ne conçois pas,
Pendant que j'étais loin ont troublé mes états?
Et la reine , dis-tu , dans l'abîme attirée,
Aux mains de ce rebelle en ce jour est livrée.

PHARÈS.

Il n'est que trop certain, ô le plus grand des rois!
Depuis cinq ans et plus chaque jour je reçois
L'ordre mystérieux d'épier la venue.
De l'heure fortunée et long-temps attendue,
Qui devait dans ces lieux vous rendre à nos souhaits :
Elle est frappée , enfin ! nos cœur sont satisfaits.
La bonté de Minerve en ce jour se déploie,
Je rends grâces au ciel qui vers nous vous renvoie ,
Et voulant arrêter le cours de nos malheurs ,
Vous a conduit ici pour essuyer nos pleurs.

ULYSSE.

Mais connais-tu , dis-moi, le citoyen fidèle
Qui , sans cesse animé d'un légitime zèle,
Et prenant pour mes jours un soin toujours constant ,
T'a chargé jusqu'alors de cet ordre important ?

PHARÈS.

Je ne puis en cela, seigneur, vous satisfaire ;
Une invisible main , dans l'ombre du mystère ,
Ne paraissant agir que par enchantement ,
Nous a dans ses desseins dirigé constamment,
De ces mêmes desseins , sans daigner nous instruire.
Voilà ce que je sais. Seigneur, je me retire ,
Je ne puis plus long-temps m'arrêter en ces lieux.
Pour la reine et son fils quel changement heureux !

ULYSSE.

Sois assuré, Pharès, que quelque jour Ulysse
Saura récompenser ce généreux service.
Les serviteurs zélés , ainsi que je te vois ,
Sont , je n'en puis douter, les vrais amis des rois:
Et je puis , sans blesser les lois de la prudence ,
Avoir en tes avis entière confiance.   (*Pharès sort.*)

SCÈNE II.

ULYSSE , ARTENOR.

ULYSSE.

C'est peu d'avoir lutté , pendant dix ans entiers ,
Contre mille périls , les flots et les rochers :

Et d'avoir vu des miens la troupe valeureuse
Disparaître à mes yeux sous l'onde furieuse,
Il faut encor, ô ciel ! qu'au sein de mes foyers
Je trouve à mon retour de plus affreux dangers !
Je trouve un ennemi, dont l'audace insolente,
Vient agiter encor ma fortune flottante,
Alors que j'espérais, après autant de maux,
Pouvoir enfin jouir des bienfaits du repos.
Quel malheur est le mien ! Ah ! prince téméraire !
Tu sentiras le poids de ma juste colère :
Je veux de ton supplice effrayer l'univers.
Je suis presque accablé par ce dernier revers ;
Et mon esprit troublé ne conçoit qu'avec peine
L'épouvantable abîme où le ciel nous entraîne.
Calchas, voilà l'effet de ta prédiction !
Au moment de quitter la fatale Ilion,
Près des murs abattus de cette ville en cendre,
Tu fis un sacrifice, et ta voix fit entendre :
« Que bien loin d'admirer l'éclat de nos hauts faits,
« Les dieux de nos travaux n'étaient point satisfaits ».
Artenor, vous savez, que les Grecs pleins d'alarmes
Regrettèrent alors le succès de leurs armes ;
Ne pouvant parvenir à s'expliquer comment
Une guerre entreprise avec leur agrément,
Pour tirer d'une injure une juste vengeance ;
Guerre appuyée enfin de leur toute-puissance,
Par un pacte sacré, pacte bien solennel,
Consenti par ces dieux au pied de leur autel,
Et que Calchas lui-même a scellé de la vie
Et du sang innocent d'une autre Iphigénie ......
Dût exciter plus tard leur courroux immortel.....
Qui pourra m'éclaircir ce mystère cruel ?
Mystère qui toujours occupe ma pensée,
Et blessant ma raison, tient mon âme oppressée.

ARTENOR.

Je l'ignore, seigneur ; mais tout ce que je vois
Me montre que le ciel est injuste parfois,
Ou bien que de Calchas la piété sacrée,
Par les dieux en ce jour ne fut point inspirée.

ULYSSE.

C'est donc ici qu'il faut en ce moment pressant
Expirer sous les coups d'un ennemi puissant.
Et la reine et mon fils...

ARTENOR.
Le crime les assiège :

Mais Minerve, seigneur, et défend et protège
Contre ses attentats, des jours si précieux.

ULYSSE.

Je ne crains le tyran aujourd'hui que pour eux,

Hélas ! puis-je savoir, dans ma douleur mortelle
Où devra s'arrêter son audace cruelle ?
Ils sont en sa puissance. Eh ! vîtes-vous jamais
Dans ses coupables vœux et dans ses noirs projets
L'ambitieux pâlir à l'aspect de ses crimes,
Et d'effroi reculer en comptant ses victimes ?
Non, une fois sorti du cercle des vertus,
Derrière lui, seigneur, il ne regarde plus,
Et ne prenant conseil que de la violence,
Soutenu par la force et l'erreur il s'élance,
Entraînant après soi, torrent impétueux,
Tout ce qui transporté d'un zèle généreux
Veut apporter obstacle à son essor rapide :
Mais bientôt, n'ayant plus la raison pour son guide,
Il retombe, et nous laisse effrayés, stupéfaits.
Moins de sa chute encor que des maux qu'il a faits.
Heureux, quand d'un génie en ses desseins plus libre
La courageuse main rétablit l'équilibre,
Et, par l'effet hardi de sa conception,
Chasse au loin l'anarchie et la confusion :
On voit le peuple alors, sage après la tempête,
Avec soumission au joug tendre la tête.
Et même regarder comme un présent des dieux
Un pouvoir qui, d'abord, lui parut odieux :
N'ayant que trop acquis la triste expérience,
Qu'il n'est point de bonheur au sein de la licence,
Qui bien loin d'apporter du repos les bienfaits,
A sa suite eut toujours la guerre, les forfaits ;
Et les dissentions, les excès fanatiques,
Artisans exécrés des misères publiques :
Et qui, fils monstrueux de la férocité,
Vivent dans le carnage et dans l'impunité :
Jusqu'au jour où le ciel, lassé d'être implacable,
Et voyant les humains d'un œil plus pitoyable,
Veut que les meurtriers, les tigres furieux,
Pour prix de tant d'horreurs se dévorent entre eux.

ARTENOR.

Ah ! que je plains, seigneur, le malheureux empire
Que le fléau cruel des factions déchire :
Qui dès long-temps privé des douceurs de la paix,
Appelle le repos sans l'obtenir jamais :
Il ne peut prospérer dans cet état funeste.
Je rends grâces aux dieux, dont la bonté céleste,
Pour venger notre injure, en des climats lointains
Permit à ma valeur de suivre vos destins ;
Et voulut dérober à mon âme attendrie,
Le tableau douloureux des maux de ma patrie,
Victime du désordre et des renversemens
Que la révolte enfante en ses ébranlemens,

Bien qu'ayant de l'honneur toujours suivi la route,
Sous un fer assassin j'eusse expiré sans doute,
Et montré que les dieux en ces temps de revers,
Ces temps abandonnés aux crimes des pervers,
S'endormant quelquefois dans leur grandeur auguste,
Laissent périr le faible et confondre le juste.

ULYSSE, *après avoir rêvé.*
Vertueux Zorostras ! je n'espère qu'en vous.

ARTENOR.
J'entends du bruit. On vient. Seigneur, dérobons-nous
Aux regards d'un mortel qui dans ces lieux peut-être
Par l'ordre du tyran vient pour nous reconnaître.
Je m'attache à vos pas, et, si je dois périr,
Ce n'est qu'à vos côtés qu'on me verra mourir :
Ce n'est que sous vos yeux que je veux le répandre
Ce sang qui doit couler, grand roi, pour vous défendre.

ULYSSE.
Écoutons.

SCÈNE III.

TÉLÉMAQUE, ULYSSE, ARTENOR dans le fond.

TÉLÉMAQUE.
Ah, grands dieux ! quel tourment pour mon cœur !
Plus le moment approche, et plus de ma fureur
Je sens s'accroître en moi le transport légitime.
Appaise, juste ciel, le courroux qui m'anime,
Ou daigne de ta foudre armer mon bras vengeur !
Ne puis-je retarder ce jour rempli d'horreur ?
Ne puis-je retarder le moment exécrable,
Où d'une mère en pleurs, d'une reine adorable,
Au plus cruel tyran le sort sera lié ?
Les dieux n'ont donc de nous aucunement pitié !
O ciel ! quand tout est prêt pour l'affreux sacrifice,
Qui sauvera la reine avançant au supplice ?
Qui sauvera cet astre et doux et plein d'appas,
Si, pouvant le sauver, tu ne le sauve pas.
Abominable hymen ! ô mon malheureux père !
Sage Ulysse !...

ULYSSE.
O mon fils ! dieux, dieux dont la colère...

ARTENOR.
Hâtons-nous d'avancer ; abordons-le, seigneur,
Les momens sont bien chers...
(*Ici Artenor et Ulysse s'avancent sans être aperçus de Télémaque.*)

TÉLÉMAQUE.
Quel serait mon bonheur !
Oui, si dans ce moment, divine providence,
Tu me rendais enfin d'Ulysse la présence,

ARTENOR, *présentant Ulysse à Télémaque.*

Vos vœux sont exaucés; prince, soyez heureux :
Connaissez votre père, il est devant vos yeux;
Et bénissez du ciel la bonté tutélaire
Qui n'a point rejeté votre ardente prière.

TÉLÉMAQUE, *vivement.*

O Minerve! ô prodige! Ah! c'est vous que je vois,
Mon père; en cet instant pour la première fois
Je puis contre mon cœur vous presser et vous dire
Tout ce que mon amour et me dicte et m'inspire.
(*Il se jette aux genoux d'Ulysse.*)

ULYSSE, *ému.*

Relevez-vous, mon fils.

TÉLÉMAQUE, *vivement.*
                    Ah! combien il m'est doux.
De pouvoir en ce jour embrasser vos genoux :
De pouvoir contempler les traits divins d'un père,
D'un sage et d'un héros que la Grèce révère.
Il brille enfin pour nous ce jour tant désiré
Qui rend à vos sujets un prince idolâtré,
Le modèle des rois, la gloire de la Grèce.
Quel moment fortuné pour toi, pour ta tendresse,
Pénélope, ô ma mère! Ah! je crains que ton cœur
Depuis un si long-temps flétri par la douleur,
Ne puisse supporter tout l'excès de sa joie...

ULYSSE.

Prince, relevez-vous.

TÉLÉMAQUE, *vivement.*
                    Souffrez que je déploie...
Ciel! que fais-je, imprudent? Eh! quelle est mon erreur!
Dois-je me réjouir? ah, mon père! ah, seigneur!
Quand l'odieux tyran qui dans ces lieux domine,
Vient menacer encor votre tête divine.
Vous les savez, hélas; ils sont connus assez,
Tous ces horribles maux contre nous amassés.
Depuis que le destin à nos désirs contraire,
Vous fit chercher au loin les hasards de la guerre,
Et voulut nous ravir pendant vingt ans et plus,
L'appui si bienfaisant de vos nobles vertus :
En permettant au crime, au mensonge, à l'audace,
De venir tout ce temps, régner à votre place.

ULYSSE.

Pharès m'a tout appris, et nos malheurs sont tels
Qu'il n'est pour nous d'espoir que dans les immortels.
S'ils ne sont point fléchis par vos vertus, votre âge,
Quitte envers le devoir, voyez avec courage,
Devant vous s'abîmer dignités et grandeur :
Ce ne sont point, mon fils, les gages du bonheur,

Ni le luxe des cours, ni le faste du trône,
Ni l'appareil pompeux qui toujours l'environne,
Et qui d'un peuple vain éblouissent les yeux,
Ne peuvent quelquefois, prince, nous rendre heureux.
Il est bien glorieux de se vaincre soi-même.
Tout l'honneur ne suit pas l'éclat du diadême,
Et l'on en trouve encor dans cette obscurité
Que le sage préfère à la célébrité :
Connaissant que toujours l'injuste renommée
Vend au prix le plus haut sa trompeuse fumée,
Et que le vain mortel qui brigue sa faveur
Avant de la gagner, perd long-temps le bonheur.....
Sachez par nos malheurs, nos tristes destinées,
Que l'infortune atteint les têtes couronnées
De même qu'elle atteint le plus obscur mortel.
En n'oubliant jamais ce principe éternel,
Vous pourrez conserver, même dans le naufrage,
La force de l'esprit, et le noble courage,
Qui seuls peuvent donner cette tranquillité
Qui sied bien aux grands cœurs dedans l'adversité.
   Vos yeux étaient à peine ouverts à la lumière,
Que la voix de l'honneur et de la Grèce entière
M'appela loin de vous au milieu des combats.
Depuis ce temps, mon fils, je n'ai pu dans mes bras
Presser l'unique fruit de toute ma tendresse :
Le ciel de mes conseils priva votre jeunesse ;
Mais, prince, recevez en cet instant cruel,
Les seuls permis peut-être à l'amour paternel.....
Allons, c'en est assez ; laissons cela, de grâce ;
Pour nos épanchemens choisissons mieux la place ;
Le temps presse d'agir... Il faut de nos projets...

TÉLÉMAQUE, vivement.

Nous attendons, seigneur, parlez, nous sommes prêts.

ULYSSE.

Ah ! gardez-vous au moins d'instruire votre mère
De mon heureux retour... Il le faut...

TÉLÉMAQUE.

Oui, mon père.

ULYSSE.

Vous sentez que son cœur, de chagrin dévoré,
Et depuis si long-temps de bonheur altéré,
Ne pourrait renfermer au-dedans de lui-même,
L'ineffable plaisir, l'émotion extrême
Que cet événement sans doute y porterait ;
Ses regards, son maintien, oui, tout nous trahirait ;
Gardez, prince, de faire une telle imprudence,
Et par là d'éveiller l'affreuse vigilance

Du tyran qu'on abuse, et dont l'œil inquiet
Découvrirait ainsi notre important secret.

TÉLÉMAQUE.

Ah! mon père, de moi vous n'avez rien à craindre.
Vos ordres sont sacrés, et, loin de les enfreindre
Je me garderai bien, ô ciel, de révéler
Un mystère qu'il faut encore lui céler.
Je ne lui dirai point que l'heureuse présence
D'un grand roi... d'un époux, dont la cruelle absence
Fit verser tant de pleurs, causa tant de soupirs,
Va changer tout-à-coup sa douleur en plaisirs :
Mais je vous l'avouerai, dans cette conjoncture
J'ai besoin d'un effort pour tromper la nature;
Et d'avance je sens ce qu'il en coûtera
Au fils de Pénélope alors qu'il la verra,
Pour ne pas mettre un terme à sa douleur amère,
En l'instruisant soudain du retour de mon père.
L'effort est au-dessus du pouvoir d'un mortel :
Mais tout en moi, seigneur, devient surnaturel.
A quelle épreuve, dieux, mettez-vous ma prudence?
Combien je souffrirai pour garder le silence!

ARTENOR.

Quel spectacle touchant pour mes sens attendris!
Oui, ce jeune héros, à mes regards surpris,
A peine dégagé d'une inutile enfance,
D'un sage consommé montre l'expérience.

ULYSSE.

Ecoutez: sans tarder, allez, courez mon fils,
Pour les conduire ici rassemblez nos amis,
C'est dans ce lieu fixé pour la cérémonie
Qu'il nous faut lui ravir le pouvoir et la vie.
Si le succès dément l'effort de notre bras,
Vaincus, nous trouverons un glorieux trépas :
Les rois que l'infortune est constante à poursuivre,
En cessant de régner doivent cesser de vivre.
Mais modérez sur-tout un feu trop indiscret;
Craignez de nous trahir; songez que du secret
De semblables projets dépend la réussite :
Le temps est précieux, il marche, il précipite
La perte d'Eurimaque ou la nôtre aujourdhui;
Mais le ciel est pour nous, espérons tout de lui,
A la vertu tantôt devenu plus prospère
Il précipitera le crime en la poussière,
J'oserais l'assurer au doux pressentiment
Que les dieux en mon cœur font naître en ce moment.
Allez, prince, Pharès dira ce qu'il faut faire,
A lui confiez-vous : il est de votre père

Un zélé serviteur, un sujet vertueux.
Il suffit, et comptons sur le secours des cieux :
Sur nos desseins au moins jettons un voile sombre :
Pour frapper des coups sûrs il faut frapper dans l'ombre.
Le tyran nommera nos actes attentats ;
Mais l'honneur permet tout contre les scélérats.

TÉLÉMAQUE.

J'obéis ; et bientôt près de vous ma présence
A mon cœur inquiet va rendre l'assurance
Que, dans ces temps d'alarme et de calamités,
Mon père, je ne puis avoir qu'à vos côtés.

(Télémaque sort)

SCÈNE IV.

ULYSSE, ARTENOR.

ULYSSE.

Et vous, vaillant guerrier, qui, partageant mon sort,
Avez dans les combats cent fois bravé la mort :
O vous ! le seul des miens échappé du naufrage !
Digne et fidèle ami, dont le noble courage
Ne m'abandonna point dans les périls divers
Suscités contre moi sur la terre et les mers,
Par les dieux protecteurs d'Hécube détrônée ;
Il faut de votre bras et dans cette journée
Me seconder encore dans ce pressant danger.
Dans la ville, seigneur, allez interroger
Et le cœur et l'esprit du peuple qui l'habite :
Informez-vous soudain et connaissez ensuite
Comment et de quel œil il peut envisager
Les apprêts d'un hymen fait pour tout outrager.
Ecoutez, observez, et venez me l'apprendre,
Dans une heure en ces lieux je pourrai vous entendre.
Ne perdez pas de temps ; allez ; ne tardez pas :
Que la prudence au moins accompagne vos pas.
Ah ! si quelque assurance à notre âme est permise,
Elle naît du penser que dans cette entreprise
Nous avons, Artenor, mes droits à soutenir,
La reine à délivrer, un rebelle à punir.

ARTENOR.

O mon maître ! ô mon roi ! ce jour qui nous éclaire,
Verra, n'en doutez point, finir votre misère ;
Et les cieux apaisés, au plus grands des humains
Accorderont enfin de plus heureux destins.

(Artenor sort.)

SCÈNE V.

ULYSSE, *seul.*

ULYSSE.

Allons, entre nous deux une lutte terrible,
Ambitieux vassal, dans ce moment horrible
Commence à s'engager au gré de mes désirs.
Ah! qu'il m'a semblé lent, et combien de plaisirs
Ne vais-je pas goûter à frapper un rebelle,
Un parjure, un ingrat, un sujet infidèle,
Que je comblai jadis d'honneurs et de bienfaits!
Oui, tu vas éprouver les funestes effets
De mon juste courroux, de ma juste vengeance.
Cruel persécuteur de la faible innocence,
Ta puissance à mon cœur n'inspire aucun effroi;
Comme une ombre elle va s'éclipser devant moi.
En vain à menacer ta bouche encor s'apprête:
Tu ne peux écarter la mort qui sur ta tête
Plane, alors que tu crois dans le sein de la paix,
Jouir du triste fruit de tes nombreux forfaits.
Par les dieux indignés, oui, ta perte jurée,
Rendra bientôt le calme à la Grèce éplorée.
L'heure fatale approche.... Allons trouver Pharès,
Et pour de nos desseins rendre sûr le succès,
Pour arracher la reine au joug qu'elle déteste,
Concertons entre nous le moyen qui nous reste;
Et de notre fureur n'écoutant que la voix,
Immolons Eurimaque, et rentrons dans nos droits.

FIN DU TROISIÈME ACTE.

ACTE IV.

SCÈNE PREMIÈRE.

PÉNÉLOPE, TÉLÉMAQUE, ARSINOÉ.

PÉNÉLOPE.

Eh quoi! cher prince, quoi! vous fuyez votre mère!
Vous êtes agité, ne vous suis-je plus chère?
Parlez, hélas! parlez, vous détournez les yeux,
Et refusez, mon fils, d'entendre mes adieux,
Cependant vous partez, et, dans mon infortune,
Les dieux ne m'ôtent point une vie importune.
Que ne puis-je mourir!

TÉLÉMAQUE, *un peu bas.*

      Ah, qu'il m'est donc cruel!
De voir ainsi saisi d'un désespoir mortel
Le trop sensible cœur d'une mère adorée;
De la voir de cent traits sans cesse déchirée,

Sans oser révéler ce terrible secret
Qui m'opresse à la fois, et me rend satisfait.
Obscure politique, autant que dangereuse,
Tu bannis bien souvent d'une âme généreuse,
Par tes illusions et tes égaremens,
Les lois de la nature et ses doux sentimens.

PÉNÉLOPE.

Prince, que dites-vous? veuillez me faire entendre
La cause d'un secret que je ne puis comprendre.
Ah! ne me cachez plus...

TÉLÉMAQUE, *à part.*
Quels accès déchirans!

(*A Pénélope.*)
Modérez vos regrets et ces soins dévorans :
Jusqu'au dernier moment l'espérance a des charmes.

PÉNÉLOPE.

Ah! gardez-vous sur-tout d'accroître mes alarmes.
Trop de témérité...

TÉLÉMAQUE.
Reine, je vous promets
De rendre à cet égard vos désirs satisfaits.
Je ne m'oppose plus à ce qu'il s'accomplisse
Cet hymen abhorré, cet affreux sacrifice,
Dont bientôt vous allez être l'objet ici,
Puisque le ciel et vous, vous l'exigez ainsi.

PÉNÉLOPE.

Ce discours me surprend autant qu'il sait me plaire,
Sûre que votre cœur, tantôt trop téméraire,
Se résigne à présent et devient plus soumis,
Je n'accuserai point des destins ennemis ;
Et puisqu'il faut enfin que je me sacrifie,
Je laisserai du moins en sortant de la vie,
A ma patrie en pleurs, un prince valeureux
Que le sort aurait dû rendre moins malheureux.
De partir, hâtez-vous ; proscrite, abandonnée,
Ah! laissez-moi finir la coupe empoisonnée
Dont les destins n'ont point cessé de m'abreuver.
Votre père...

TÉLÉMAQUE, *à part.*
C'est trop, dieux puissants m'éprouver!
Vous apportez la mort dans mon âme abattue.
Je n'y puis résister... ô terrible entrevue!
Et mes sens accablés... ôtons-nous de ce lieu!

PÉNÉLOPE.

Vous me quittez, mon fils?

TÉLÉMAQUE, *avec l'expression d'une joie mêlée de tristesse.*
Adieu, ma mère, adieu!

SCÈNE II.

PÉNÉLOPE, ARSINOÉ.

PÉNÉLOPE.

Il s'éloigne, et lui seul m'attachait à la vie :
Par ce terrible adieu je suis anéantie,
Et rien ne manque plus à l'horreur de mon sort.
Viens à mon aide, viens, impitoyable mort !
O toi ! que sans frémir nul mortel n'envisage,
Bien loin que ta présence abatte mon courage,
Je te regarderai comme un dieu bienfaisant,
Comme un dieu tutélaire, un dieu compatissant,
De tous les immortels le moins défavorable :
Viens, dis-je, m'arracher au malheur qui m'accable,
En terminant des jours dans la douleur perdus.
O mon époux ! mon fils ! je ne vous verrai plus.
Je suis de ces mortels dont l'étoile fatale
Ne brille que l'instant d'un léger intervalle,
Et qui, perdant bientôt son aimable clarté,
Rentre dans le néant et dans l'obscurité.

ARSINOÉ.

Puissantes déités autant qu'inexorables,
Suspendez ses sanglots et ses cris lamentables,
Ou donnez à nos cœurs, par la mort habités,
De pouvoir supporter tant de calamités.

PÉNÉLOPE.

Déesse des enfers, vous m'avez entendue !
Et de la nuit déjà sur mes yeux épandue
Le voile ténébreux s'en vient m'envelopper ;
Le souffle qui m'anime est prêt à s'échapper.
Déja de tout mon corps un froid mortel s'empare ;
Ma force m'abandonne, et mon esprit s'égare ;
Le soleil comme un point m'apparaît dans les cieux,
Et les objets confus échappent à mes yeux :
Je cesse d'exister... et mon âme éternelle
Vient de quitter enfin sa demeure mortelle ;
Et nage en un fluide aussi pur que léger...
Je vois autour de moi des ombres voltiger...
(*Ici Ulysse et Artenor se montrent, dans le lointain, aux yeux de
    Pénélope ; et, après un jeu de pantomime expressif, disparaissent.*)
Celle de mon époux ! dieux ! ombre radieuse,
Je ne te quitte plus !

(*Pénélope tombe dans l'accablement.*)

ARSINOÉ.

Ah ! reine malheureuse !
Finissez, et sortez de ce désordre affreux :
Vous me percez le cœur, abandonnons ces lieux ;
Dans le temple venez, malgré leurs injustices,
Nous forcerons les dieux à nous être propices :

Mais si les dieux toujours constans dans leurs rigueurs
Refusent d'arrêter le torrent de nos pleurs,
S'ils aiment à frapper les cœurs exempts de crimes,
Au lieu d'une en ce jour ils auront deux victimes.

PÉNÉLOPE.

Ils ne nous voient point ; leurs immortels regards
Embrassent dans les cieux tous ces mondes épars
Et qui, s'y balançant, se disputent l'espace :
De les baisser sur nous nous feraient-ils la grâce ?
Abjurons cette erreur : nous sommes à nos yeux
Leur chef-d'œuvre, il est vrai ; mais rien, non rien pour eux.
S'il n'en était ainsi, leur clémence infinie
N'unirait point mon sort à celui de l'impie ;
Et leur justice enfin jamais n'aurait pu voir
Le méchant sur la terre usurper le pouvoir,
Et ne laisser aux bons, qu'on dédaigne d'entendre,
Que la plainte inutile et que pleurs à répandre.
Cependant, dans leur sein, ah ! courons nous cacher ;
Mais jusqu'à leurs autels il viendra nous chercher.
Contre sa tyrannie il n'est point de refuge :
Et les lois, et les dieux, et tout ce qu'elle juge
Capable d'arrêter sa fougue en son chemin,
Quelque sacré qu'il soit, est immolé soudain.

SCÈNE III.

ULYSSE, ARTENOR, suivent des yeux Pénélope.

ULYSSE.

Eh bien ! cher Artenor, le bon peuple d'Ithaque
Sur mon épouse et moi, sur mon fils Télémaque,
Que pense-t-il ? de tout êtes-vous informé ?
Le cœur de mes sujets sera-t-il animé
De l'interêt touchant que le malheur inspire,
Quand la reine tantôt, cédant à son empire,
Et subissant les lois d'un prince redouté,
Viendra serrer les nœuds d'un hymen détesté ?
Pourront-ils donc souffrir l'excès de violence,
Le criminel abus de la toute-puissance
Que le tyran commet à leurs yeux aujourd'hui,
Sans crainte de les voir s'armer tous contre lui ?
Pour sauver, arracher des mains de ce parjure
L'objet le plus parfait qu'ait formé la nature ;
Une reine, de qui le tendre et chaste cœur
Sans cesse s'occupa de leur commun bonheur :
Répondez, répondez, et terminez ma peine !

(Avec attendrissement.)

S'ils sont indifférens sur le sort de la reine,

Il nous faut, cher ami, chercher d'autres climats ,
Ulysse ne veut point régner sur des ingrats.

ARTENOR.

Douter de vos sujets, ah ! c'est leur faire injure !
Grand roi, que votre cœur à présent se rassure :
Jamais peuple ne fut plus digne d'être aimé.
Malheureux comme vous, comme vous opprimé,
En secret il gémit, et plaint sa souveraine
Du sombre événement qu'un triste jour amène ,
Et loin de se livrer aux élans du bonheur,
Il m'a semblé plutôt comprimé de terreur,
Agité, mécontent, et supportant à peine
D'Eurimaque le joug, et ce pouvoir qui gène
Alors qu'il est injuste et qu'il est oppresseur.
J'ai tout examiné : d'un œil observateur
Je viens de parcourir et les places publiques ,
Et le port, et le temple, et ces sacrés portiques ,
Où, protégés par vous, des sages, autrefois,
Aux peuples apprenaient à respecter les lois ,
A chérir les vertus, leur prince et la patrie,
Jusqu'à donner pour eux la fortune et la vie;
Et par là mériter les titres précieux
De citoyens d'Ithaque et d'homme vertueux.
De la raison enfans, avec plaisir reçues
Leurs divines leçons n'ont point été perdues,
Sans peine je le vois, seigneur, au tendre amour
Qu'à la reine et son fils ils montrent dans ce jour.
Vous n'êtes point déchu de la grandeur suprême,
Puisque le peuple ainsi vous regrette et vous aime ;
C'est triompher toujours, c'est régner à jamais,
Que de placer son trône au cœur de ses sujets.

ULYSSE.

Je puis te défier, divinité jalouse !
Qu'ai-je à craindre à présent pour les jours d'une épouse ?
Ah ! l'espoir du succès ranime mes esprits !
Sur Zorostras, ami, n'avez-vous rien appris ?

ARTENOR.

Il se couvre toujours d'un voile impénétrable,
Et de le deviner nul mortel n'est capable.
Fassent les dieux, hélas ! qu'au lieu de vous trahir,
Il consente aujourd'hui, seigneur, à vous servir.

ULYSSE.

Respectons ses secrets ; et, quoi qu'il puisse faire,
Espérons que le ciel le conduit et l'éclaire,
Cher et brave Artenor, dans ses pieux desseins ,
Sur lesquels nous flottons trop long-temps incertains :
Ami, j'attends beaucoup de son beau caractère ;
Zorostras ne peut être un courtisan vulgaire,

Il a trop de justice, il a le cœur trop grand
Pour avoir embrassé la cause d'un tyran.
Bien différent de ceux de qui l'âme orgueilleuse
Ne veut que des grandeurs la pompe fastueuse,
Et qui n'aimant vraiment que le luxe et l'éclat,
Font semblant de n'aimer que le prince et l'état.
C'est être injuste, enfin, que refuser de croire
Tout ce qui peut donner du brillant à sa gloire :
Je suis sûr de son cœur!.. Que vois-je ? des soldats!
C'est Eurimaque, ô ciel! Il porte ici ses pas ;
Cachons-nous à ses yeux.

(Ulysse et Artenor passent dans la première coulisse.)

SCÈNE IV.

EURIMAQUE, Gardes.

EURIMAQUE.

    De grandeurs enivrée,
Mon âme cependant de pouvoir altérée,
Se refuse aux transports qui possèdent mon cœur.
Quel affreux sentiment et de crainte et d'horreur
S'en vient empoisonner ce moment plein d'ivresse,
Ce jour où je vais voir couronner ma tendresse,
Et qui, toujours l'objet de mes désirs constans,
Par d'indignes froideurs fut retardé long-temps ?
De quel démon cruel la fureur vengeresse,
S'attache encore à moi, me poursuit et me presse,
Et vient m'envelopper d'une sombre vapeur
Qui glace tous mes sens, me remplit de terreur ?
Sans cesse je crois voir suspendu sur ma tête
Un glaive menaçant que rien tient et n'arrête :
De quelque grand malheur serais-je menacé ?
Je ne sais; mais je sens que mon cœur oppressé
Aux charmes du plaisir avec peine se livre.
Ah! pourquoi le pouvoir, dont le prestige enivre,
Traîne-t-il après lui tant de soucis rongeurs,
D'un ennui trop mortel tristes avant-coureurs ?
Mais, de quoi mon esprit s'occupe-t-il sans cesse ?
Eurimaque aurait-il de craindre la faiblesse ?
Eh! qui craindrais-je encor ? tous deux anéantis,
Je ne reverrai plus le père ni le fils.
Télémaque, éloigné du champ de ma fortune,
Gémira, souffrira sans espérance aucune ;
Ou voulant agiter au-dedans, au-dehors,
Fera pour le troubler d'inutiles efforts.
Tout le reste soumis reconnaît mon empire,
Ou bien dans le silence et languit et soupire ,

Et n'ose hasarder d'arracher à ma main
Les rênes dangereux du pouvoir souverain ;
Mais, chassons ces pensers de mon âme étonnée,
Et, poursuivant toujours la haute destinée
Que des dieux la justice a voulu m'assigner,
Épousons Pénélope, et songeons à régner
Dans des lieux où mon bras m'a su rendre le maître.
Mais, Zorostras ici tarde bien à paraître.
Qui peut le retenir ? J'ai hâte de savoir
Si le prince, oubliant les liens du devoir,
Ose à mes volontés refuser de souscrire.
Je l'aperçois, enfin. Eh bien ? daignez m'instruire...

SCÈNE V.

EURIMAQUE, ZOROSTRAS.

ZOROSTRAS.

Télémaque, seigneur, a connu par ma voix,
Avec soumission, l'honneur de votre choix ;
Et sans de son départ murmurer sur la cause,
D'abandonner ces lieux bientôt il se propose,
Je le pense du moins ; n'ayant que le désir
De servir son pays et de vous obéir :
Cependant la douleur dont il porte l'empreinte,
M'a fait voir qu'en partant il cède à la contrainte ;
Mais sa docilité de même m'a fait voir
Qu'il a perdu courage en perdant tout espoir.
Par son éloignement, votre flamme inquiète
Se voit libre aujourd'hui de la fougue indiscrète
De ce jeune insensé qui, dans l'égarement,
Pourrait troubler la paix d'un aussi beau moment.

EURIMAQUE.

J'avais craint jusqu'ici que rempli d'imprudence,
M'opposant une folle et vaine résistance,
Il m'eût contraint, seigneur, contre ma volonté,
A l'accabler du poids de mon autorité.
Je ressens maintenant une vive allégresse
De voir qu'il n'a point eu l'étrange hardiesse
D'encourir le danger de me désobéir ;
Sans doute il m'eût été pénible de sévir
Contre un prince, le fils d'une femme que j'aime ;
Mais mon rang, mon devoir, l'honneur du diadême,
M'en eussent fait la loi. Tout est-il ordonné
Pour l'apprêt de l'hymen par ce jour amené ?

ZOROSTRAS.

Oui, seigneur ; et le peuple, en mille cris de joie
Exhalant le plaisir où son âme se noie,

Par avance sourit au fortuné destin
Dont Pénélope va combler son souverain.

EURIMAQUE.

Je suis content, ami; recevez l'assurance
Que vous possédez seul toute ma confiance.
Que dans une heure ici le peuple rassemblé
Partage le bonheur dont je me vois comblé :
Vous-même dans ces lieux vous conduirez la reine.
Allez la préparer....,...   (*Ils sortent.*)

SCÈNE VI.

ULYSSE, ARTENOR.

ARTENOR.

Je me modère à peine !
Vous l'avez entendu ! serait-il vrai, grands dieux ?
Zorostras un perfide ! dois-je en croire mes yeux ?
D'après ce que je vois, ce que viens d'entendre,
Plus de périls ici qu'aux rives du Scamandre
Sur vous un dieu puissant prit soin de rassembler,
Et veut, dans son couroux, grand roi, vous accabler.

ULYSSE.

Il ne faut pas toujours en croire l'apparence.
Quelquefois on a vu la vertu, l'innocence,
Pour arrêter le crime et produire le bien,
Sous l'air du criminel dérobant leur maintien,
A prendre son langage aussi se voir forcées.
Zorostras est fidèle, et toutes ses pensées
Furent de nous servir, mais il dut les voiler ;
Capable de régner, il sait dissimuler :
Et par une souplesse et constante et suivie,
D'Eurimaque il endort la rage et la furie.
Sachez que de son cœur si je n'étais certain
Je l'aurais dès long-temps immolé de ma main ;
Et vengé par sa mort une épouse bien chère,
L'ornement de son sexe, et dont la terre entière,
Respectant des vertus l'empire solennel,
Doit honorer le nom d'un hommage éternel.

ARTENOR.

N'en doutez point, seigneur, à la plus vertueuse,
A la plus digne épouse, à la plus courageuse,
Les siècles à venir dresseront des autels,
Et lui décerneront des honneurs immortels.
De son nom la splendeur passera d'âge en âge,
Et lorsqu'on citera la femme la plus sage,

Pénélope est le nom qu'on devra prononcer.

ULYSSE.

La nuit, cher Artenor, commence à s'avancer ;
Elle couvre déjà ce lieu de ses ténèbres,
Et pour être témoin de ces scènes funèbres
Dont le spectacle affreux va suivre son retour,
Elle semble accourir pour en chasser le jour.
Le meurtre se complaît dant son ombre sinistre.
De votre volonté je serai le ministre.
Oui, grands dieux, et mon bras du glaive armé par vous
Deviendra l'instrument du céleste courroux.
Je vais ensanglanter l'autel de l'hyménée :
Mais avant, pardonnez si ma main étonnée
Eprouve un sentiment pénible de frayeur :
Du sang l'effusion me fit toujours horreur.....
Je vois en frémissant, dans le siècle où nous sommes ,
Jusques à quels excès se sont portés les hommes.
Eh quoi! rester dix ans devant Pergame en feux !
Dix ans verser le sang ! quel délire , grands dieux !....
Rien ne paraît encor, et l'ombre qui s'avance
A répandu partout le calme et le silence ;
Mais le peuple en ce lieu par la fête conduit
Va ramener bientôt le désordre et le bruit ;
Attendons un moment. Ah! quelle horrible fête !
On ne soupçonne pas que le destin apprête
Un de ces coups d'état imprévus , déchirans ,
Qui frappent de stupeur et le peuple et les grands ,
Et renversant les uns d'un rang imaginaire,
Console le premier de l'obscure misère
Où l'ont jeté du sort le caprice et les coups.
Pharès m'avait promis de revenir vers nous ;
Ah! qu'il tarde à venir. A mes vœux peu propice ,
Aurait-il retardé l'instant du sacrifice ,
Ce dieu qui me soutient, et qui, le protecteur
De la faible vertu, soutient mon bras vengeur.
Ou, contre nous encor ranimant sa colère,
Voudroit-il plus long-temps, à mon repos contraire,
Sans cesse, en éloignant la fin de mes malheurs ,
Hélas! remplir mon cœur de nouvelles douleurs ?
Le ciel n'y consent pas ; le coup serait trop rude :
Il n'est rien de cruel comme l'incertitude.

ARTENOR, *revenant effrayé vers Ulysse.*

Je vois de ce côté des soldats accourir.
Leur chef n'est point Pharès ; il faut fuir ou mourir !
Gardez-vous d'exposer votre auguste personne
Aux coups d'un ennemi qui jamais ne pardonne ,
Evitons-les.....

ULYSSE, *après un instant.*

Non ! non ! il faut ici rester !
A leurs yeux je prétends, ami, me présenter ;
Attendons, attendons, sans nous laisser surprendre.
S'ils sont mes ennemis, je veux du moins apprendre,
M'exposant à leurs coups, si sur leur souverain
Ils oseront porter une coupable main.

ARTENOR.

Quelle témérité ! quel excès de courage !

ULYSSE.

On doit tout hasarder parfois pour être sage ;
Et c'est se rapprocher trop de la lâcheté,
Que de s'éloigner trop de la témérité.
J'en conviens, cher ami, ces moments sont terribles ;
Mais comptons sur les dieux, et pour être invincibles
Songeons à Pénélope, à mon fils.....

ARTENOR,
O mon roi !
Pour arriver à vous ils marcheront sur moi.
Les voici....

SCÈNE VII.

ULYSSE, ARTENOR, XIPHARÈS, Gardes.

XIPHARÈS, *à sa troupe et avec mystère.*

Ce sont eux ; restez à cette place.
(*Il avance seul vers Ulysse.*)
Suivez mes pas, seigneur.....

ARTENOR, *l'épée à la main, et couvrant Ulysse de son corps.*
Auriez-vous cette audace ?

XIPHARÈS.

Mon ordre est positif, je dois l'exécuter.
Veuillez, veuillez, seigneur, ne pas me résister.
Je ne viens point ici vous faire violence :
Hâtez-vous, le temps presse, et par votre présence.....
(*Bas à Ulysse.*)
Venez, venez, mon prince, et ne redoutez rien.

ULYSSE, *regardant la statue de Minerve, après un peu d'hésitation.*
O toi ! qui fut toujours du sage le soutien !
Minerve, en ce péril que ta bonté me guide ;
Si je dois succomber, de l'immortelle égide
Au moins daigne couvrir mon épouse et mon fils :
Le trépas me sera moins horrible à ce prix.

FIN DU QUATRIÈME ACTE.

ACTE V.

(*La nuit.*)
SCÈNE PREMIÈRE.

ARCATE, PHARÈS.

ARCATE.

Oui, Pharès, tout est prêt pour la cérémonie,
Et notre reine va, de son malheur suivie,
En paraissant ici présenter à nos yeux
Le tableau déchirant, le spectacle odieux,
De la faible innocence à la mort entraînée.
D'avance j'en frémis, et de cette journée
Je ne perdrai jamais le triste souvenir.
Que ne puis-je, seigneur, percer dans l'avenir.

PHARÈS.

Elle sera, je pense, et sanglante et cruelle :
Mais croyez que du ciel la sagesse éternelle
Ne saurait plus long-temps souffrir que la vertu
Présente à nos regards un visage abattu.
De la vengeance, ami, l'heure est déjà frappée.
De cet événement l'âme préoccupée,
Voit tout ce qui l'attriste et peut l'inquiéter,
Si le ciel, fatigué de la persécuter,
A Pénélope enfin daigne offrir un asile,
Puisse-t-il aujourd'hui, par un secours utile,
Assurer le succès de ces nobles desseins,
Qui du peuple et du roi vont fixer les destins.

ARCATE.

Quel bonheur, cher Pharès, que du ciel la justice
A nos vœux ait enfin rendu le sage Ulysse.

PHARÈS.

Ah! combien son retour doit rendre heureux Phanor!
Ce Phanor si vaillant, et si fidèle encor,
Ce guerrier si fameux, étranger à la feinte!

ARCATE, *bas.*

Phanor! il trahissait des causes la plus sainte.

PHARÈS.

Lui! trahir! oh! non, non.

ARCATE.

    Plaignons, plaignons son sort;
De mille coups percé je l'ai vu tomber mort.

PHARÈS.

Arcate, il serait vrai, quoi! cette âme si belle!
Ne s'est-on point trompé, quoi! Phanor infidèle.

ARCATE.

Son châtiment est juste, il l'a bien mérité.

PHARÈS.

Quel sera ton asile, auguste vérité,
Si l'âme des héros, de ces fils de la gloire
Est celui du mensonge ?

ARCATE.

     Ah! de sa triste histoire
Entendez le récit terrible en peu de mots :
Tantôt je m'en allais pour prendre du repos ;
Après avoir laissé l'utile surveillance
Du rivage et du port à votre vigilance :
Un inconnu m'aborde, en me disant bien bas :
Seigneur, écoutez-moi ; daignez suivre mes pas :
On a de grands secrets tout à l'heure à vous dire :
Il s'agit de sauver et la reine et l'empire :
Vous les aimez tous deux. Je le suis aussitôt,
Le cœur saisi de trouble, et sans répondre un mot.
Bien qu'on ne fût pas loin de voir naître l'aurore,
Malgré le crépuscule, il était nuit encore.
Nous arrivons au temple, et, ses murs éclairés
M'ont permis de compter vingt chefs de conjurés,
Qui sur leurs bancs assis gardoient tous le silence.
Les vertus de chacun, et la haute naissance
Des membres composant cet illustre sénat,
Lui donnoient à mes yeux l'air d'un conseil d'état.
Quand nous fûmes entrés, des gardes nous placèrent,
Et le moment après les portes se fermèrent,
De vous dire, je crois n'avoir pas le besoin
Que je prévis dès-lors que je serais témoin,
Sous l'œil des éternels, et dans leur sanctuaire,
De quelque acte secret d'une équité sévère.
Et ces réflexions absorbaient mon esprit,
Quand bientôt Zorostras se lève, et puis nous dit :
« Protecteurs généreux de la vertu souffrante ;
« Illustres défenseurs d'une reine expirante,
« Livrez-vous à l'instant au plus juste courroux ;
« Un imposteur, un traître est caché parmi nous. »
Sur-le-champ nommez-le, ce parjure, et qu'il tremble,
Crièrent aussitôt les conjurés ensemble !
« Oubliant, reprit-il, l'honneur et l'amitié,
« Cet ingrat, dès demain, nous perdait sans pitié,
« Ce traître, c'est Phanor. » Et dix preuves écrites
Par Zorostras lui-même à nos yeux sont produites ;

Du crime de Phanor et de ses noirs desseins,
Témoignages si sûrs, indices si certains,
Qu'à la conviction le juge le plus rude
N'aurait pu conserver la moindre incertitude.
Pendant ce temps, Phanor, qui déjà devinait
Le juste châtiment que l'on lui destinait,
Pâle, défait, tremblant, et la tête perdue,
Cherchait pour se sauver une porte, une issue :
Mais ce fut sans succès, nous fondons tous sur lui.
En vain d'une colonne il se fait un appui,
En vain nous opposant un peu de résistance,
Il veut nous repousser et se mettre en défense ;
Sur lui nous revenons à coups précipités ;
Nous l'attaquons de front et de tous les côtés ;
Jusqu'alors que frappé de ce coup qui le tue
Il tombe et va mourir au pied d'une statue :
Cela fait, nous sortons, pensant avec terreur
A cet acte si prompt d'une juste rigueur.
    (*En s'attendrissant.*)
Nous aimions tous Phanor, hélas, et la victime
A pu nous voir pleurer en punissant son crime.

PHARÈS.

Voilà de tes effets, fatale ambition !
Dans un cœur long-temps pur tu mis la trahison.
    (*Moment de silence.*)
Tout l'annonce, seigneur, et tout me le présage,
C'est ici que dans peu doit éclater l'orage ;
Sans peine je le vois à l'agitation
Qui règne sourdement avant l'explosion :
Des grands événemens tel est le caractère.
A nos désirs, ah ! ciel, devenant plus prospère,
Seconde les efforts de ce roi malheureux.

ARCATE.

Nous espérions, seigneur, le trouver en ces lieux.
Serait-il survenu quelque malheur extrême.

PHARÈS.

Arcate, je l'ignore et je tremble moi-même :
Mais allons, suivez-moi ; nous devons nous hâter
De connaître comment les coups vont se porter.

SCÈNE II.

ULYSSE, TÉLÉMAQUE, *armés d'arcs et de flèches.*

ULYSSE.

Venez, prince, venez, hâtez-vous de me suivre,
Que la fuite du moins promptement nous délivre

De l'aspect d'une fête où le peuple abusé
Croit trouver le bonheur lorsqu'il n'est qu'amusé.
Venez, la nuit nous prête une ombre favorable,
Un seul instant encore et le monstre exécrable,
Méconnaissant les lois de la sainte équité,
La voix de la nature et de l'humanité,
Viendra, sans redouter la vengeance céleste ,
Prononcer à l'autel un serment si funeste.

TÉLÉMAQUE.

O mon père ! ô héros ! Je tremble pour vos jours.
A mes vœux , ah ! pourquoi vous refuser toujours.
Permettez que ma main saintement homicide
Enfonce le poignard dans le sein du perfide ;
Ah ! laissez à mon bras le soin de nous venger.

ULYSSE.

Cessez, prince, cessez , vous dis-je , d'y songer ;
Les dieux ne veulent pas que je vous sacrifie.
Eh ! gardez-vous aussi de craindre pour ma vie,
Zorostras est pour nous..... Vous semblez étonné !
C'est un crime, mon fils, de l'avoir soupçonné,
Ce sage , dont le zèle aujourd'hui favorise
Et protégea toujours cette grande entreprise ;
Il a tout préparé, tout mûri, tout conduit :
Mais j'aperçois des feux qui, vainqueurs de la nuit,
D'Eurimaque, sans doute , annoncent la présence.
Oui, je le vois, c'est lui, le crime le devance,
Il en a le sourire, et son cœur satisfait
Jouit en ce moment de son dernier forfait.
Minerve , soutiens-moi, viens au secours d'Ulysse ,
Et tends-lui dans ce jour une main protectrice ;
Si tu veux seconder ce périlleux effort,
Le tigre passera du bonheur à la mort,
Et, tout-à-coup jeté dans les demeures sombres ,
Ira de son aspect épouvanter les ombres.

(Ulysse et Télémaque sortent en faisant briller leurs épées.)

SCÈNE III.

EURIMAQUE , gardes , suite.

EURIMAQUE.

Peuples et généraux, et vous, sur-tout, soldats !
Vous, la force, l'honneur, et l'âme des états,
Qui, vous faisant un jeu des périls de la guerre,
Du bruit de vos exploits avez rempli la terre,
Et de qui la vaillance allant même à l'excès,
A fait jusqu'à ce jour ma gloire et mes succès ;

Partagez les transports de ma vive allégresse,
Et sachez que j'épouse enfin cette princesse
Pour qui je hasardai de périr mille fois.
Mes rivaux dispersés, et réduits aux abois,
De Pénélope, amis, m'abandonnent les charmes ;
Elle fut ma conquête et par le droit des armes ,
Et par le droit encor d'un trop constant amour.
De vos nobles travaux l'état fier en ce jour,
S'exprimant par ma voix, soldats, vous rend l'hommage
Que l'on doit au mérite, et qu'on doit au courage.

SCÈNE IV.

EURIMAQUE, XIPHARÈS, peuple, suite.

XIPHARÈS.

Arcante, précédé des images des dieux,
Dans un moment, seigneur, va paraître à vos yeux.
Il vient ; du dieu d'hymen le feu sacré s'allume,
Et déjà sur l'autel le plus pur encens fume.

EURIMAQUE.

Xipharès, prévenez la reine en cet instant
Que je l'attends ici. Mon cœur impatient,
Epris du même feu qui dévore mon âme
Compte tous les momens dérobés à sa flâme.

(*Xipharès sort.*)

Le grand prêtre paraît, je le vois s'avancer,
Osons sur mes destins l'entendre prononcer.

SCENE V.

EURIMAQUE, le Grand-Prêtre, suite.

EURIMAQUE.

Des oracles des cieux, organe respectable,
Et de leurs saints décrets ministre redoutable ;
Interprète sacré, vous, qui l'ami des dieux,
Par vos rapports divins nous liez avec eux.
Digne Arcante, avez-vous du sein des sacrifices,
Par le sang répandu de vos blanches génisses,
Du maître des humains appris les volontés !
Savez-vous ses arrêts ? vous les a-t-il dictés ?
Parlez, répondez-moi. D'un œil de bienveillance
Me voit-il aujourd'hui former cette alliance ?
Non ; je n'en puis douter, s'il n'aimait mon bonheur ,
Il n'aurait point placé cet amour dans mon cœur,
Cet amour qui me tient soumis à sa puissance,
Et dont plus que jamais je sens la violence.

ARCANTE.

J'ai consulté le ciel : par nos prêtres conduits,
Les taureaux gémissans dans le temple introduits,
De leur sang ont rougi le sacré sanctuaire,
Et m'ont de ses desseins dévoilé le mystère.
Pénélope, seigneur, va voir de ses douleurs
Cesser enfin la cause après tant de malheurs.
Les dieux vont s'apaiser, et mon esprit découvre
Un heureux avenir qui devant elle s'ouvre,
Ah ! puisse son bonheur égaler ses vertus !

EURIMAQUE, *avec feu*.

Achevez ! achevez !

ARCANTE.

Ils n'ont rien dit de plus.
Pour les faire parler j'ai triplé les offrandes,
Et trois fois recouvert les taureaux de guirlandes !
Mais c'est en vain, seigneur, toujours sourds et muets,
Ils se sont obstinés à garder leurs secrets.

EURIMAQUE, *à part*.

Non, je ne me fais point une illusion vaine,
Ils ont fixé mon sort dans celui de la reine.

(*A Arcante.*)

Je révère les dieux. Quels que soient leurs arrêts,
D'avance à mes destins, seigneur, je me soumets.

ARCANTE.

Vous les saurez bientôt, le maître de la terre
Va vous les annoncer par la voix du tonnerre.

EURIMAQUE.

Enfin je l'aperçois, mon triomphe est certain :
Malheur à qui voudrait me disputer sa main.

SCÈNE VI.

Les précédens, PÉNÉLOPE, ZOROSTRAS, ARSINOÉ,
PHARÈS, ARCATE, troupe.

PÉNÉLOPE, *soutenue par Zorostras*.

Oui, seigneur, je vous suis ; mais mon âme éperdue
Ne peut voir sans frémir cet hymen qui me tue,
Qu'exigez-vous, hélas ? où me conduisez-vous !

ZOROSTRAS, *avec une joie dissimulée*.

Grande reine, venez dans les bras d'un époux.

PÉNÉLOPE.

Je n'en ai plus ; du sort l'implacable colère
N'a-t-elle pas, seigneur, achevé ma misère,

En m'enlevant celui qu'en un temps fortuné
Les dieux moins inhumains alors m'avoient donné.

EURIMAQUE.

J'entends ses cris plaintifs , je vois couler ses larmes,
Et pour moi cependant ce moment a des charmes.
On n'attend plus que vous, madame , tout est prêt.

ZOROSTRAS , *à Pénélope.*

Des volontés des dieux venez hâter l'effet.

EURIMAQUE.

Ah reine! partagez cette ardeur qui m'anime ;
Venez sans plus tarder.

PÉNÉLOPE.

Voilà votre victime !
Barbare, mais jamais n'espérez que mon cœur,
Secondant de vos feux la tyrannique ardeur,
Approuve le serment que ma bouche prononce !
A tout sentiment tendre à présent il renonce.
Et je vais consumer le reste de mes jours
A pleurer mon époux, et détester toujours
Des nœuds où malgré moi je me vois appelée.
Votre âme , il est trop vrai, ne peut être ébranlée ,
Cruel, par les accens d'un désespoir affreux.

(*Moment de silence.*)

Vous voulez cet hymen..... Comme vous je le veux !
Un dieu vient tout-à-coup relever mon courage :
Il me parle , il m'inspire, et veut que je m'engage
En serrant avec vous ce lien que je hais.....
Que je marche aux autels !.... Eh bien , seigneur, j'y vais.

(*Pénélope va avec vitesse à l'autel.*)

ARCANTE.

O vous qui du néant avez tiré le monde ,
Et de qui la sagesse éternelle et profonde
Doit à jamais régler les destins des mortels ,
Jetez sur ces époux vos regards paternels,

(*Ulyse, Artenor et Télémaque entrent armés de leurs arcs, l'épée
nue.*)

Dieux tout-puissans, et que votre faveur céleste ,
Pour eux en ce grand jour enfin se manifeste.
D'un peuple entier daignez , accueillant tous les vœux,
Leur accorder des jours aussi beaux que nombreux ,
Cet hymen.....

(*Ici le tonnerre gronde et éclate, la terre tremble, le peuple effrayé
se prosterne, et Ulysse au milieu des éclairs , frappe d'une flèche*

ou d'un coup de poignard Eurimaque, resté en stupéfaction au pied de l'autel.)

EURIMAQUE.

Je me meurs ! qui m'a frappé ?

ULYSSE, *se montrant.*

C'est moi !
Traître, ouvre encor les yeux et reconnais ton roi,
C'est Ulysse, c'est lui qui t'arrache la vie.

PÉNÉLOPE.

Ulysse ! quel bonheur !   (*Elle s'évanouit.*)

EURIMAQUE.

Ah ! quelle perfidie !
Je reçois, juste ciel, le prix de mes fureurs,
Et connais, mais trop tard, qu'il est des dieux vengeurs.
(*On l'emmène.*)

SCÈNE VII, et dernière.

Les précédens , excepté EURIMAQUE.

ULYSSE.

Va, cruel ! aux enfers porter ton âme hideuse.
Je vous retrouve enfin, épouse généreuse,
Vous, que le ciel forma de toutes les vertus ;
Vos tourmens sont finis puisqu'ils vous sont rendus
Cet époux et ce fils seuls objets de vos larmes.
Le bonheur et la paix répandront sur vos charmes
L'éclat dont les ennuis les avoient dépouillés.
Séchez, séchez ces yeux de pleurs encor mouillés,
Oui ! votre seul aspect, après vingt ans d'absence
Détruit le souvenir de vingt ans de souffrance.
Reprenez vos esprits ; voyez à vos genoux
Un fils qui vous adore, et le plus tendre époux.

PÉNÉLOPE.

Est-ce vous que je vois ? ah ! cher Ulysse, où suis-je ?
Le ciel aurait-il donc opéré ce prodige,
Ou bien tient-il, hélas, et mes sens et mon cœur
Enchaînés sous les lois d'un songe séducteur.
Dois-je en croire mes yeux ? ah! si ce n'est qu'un songe,
Dieux clémens, à jamais prolongez ce mensonge,
Et me laissez jouir de destins aussi beaux,
Ou me précipitez dans la nuit des tombeaux

ARCANTE.

Grande reine, vivez. Jupiter favorable
Fait un jour fortuné de ce jour effroyable.
Sa sagesse a voulu qu'après un long combat,
Vaincu par la vertu le crime succombât.

(*A Ulysse.*)

Ses décrets sont remplis , et Vénus s'est vengée
Sur tous les Grecs et vous d'Ilion saccagée.
C'est elle dont le cœur , plein d'un courroux divin ,
De vos états dix ans vous ferma le chemin ,
Qui suspendit toujours la foudre sur vos têtes ,
Et contre vous armant les vents et les tempêtes ,
Vous mit dans des périls sans cesse renaissans.
Pour combler tant d'horreurs et de maux si pressans ,
Elle abîme à vos yeux dans les gouffres de l'onde
Ces généreux guerriers qui , j'usqu'au bout du monde ,
Partageant vos dangers , s'étoient prescrit la loi ,
De défendre vos jours et mourir pour leur roi.
C'est ainsi que Vénus , de dépit enflammée ,
A poursuivi des Grecs et les chefs et l'armée ,
Et ne vouloit rien moins que leur destruction
Vengeât son cher Enée et sa chère Ilion :
Mais des dieux immortels et le maître et le père ,
De la déesse ayant adouci la colère ,
Proclame ses arrèts , et ne veut souffrir plus
Que le sort des vainqueurs et celui des vaincus
Soient tous les deux marqués d'une faveur égale.
Sa justice envers vous aujourd'hui se signale ;
Et lorsque d'Ilion et princes et soldats
Sous un ciel étranger cherchent d'autres états ,
Après avoir perdu leurs dieux et leur patrie ,
Vous , grand roi , protégé d'une déesse amie ,
(Dont les célestes soins s'attachant à vos pas
Ont tant de fois de vous écarté le trépas) ,
Plus heureux , vous pouvez , après autant d'alarmes ,
D'un glorieux repos goûter enfin les charmes.
Jupiter satisfait de votre piété ,
Vous promet les honneurs de l'immortalité.
Régnez , grand roi , régnez , et que jamais l'envie
De son souffle empesté ne souille votre vie ;
Et de votre bonheur nous rendant tous heureux ,
Attendez que le ciel vous place au rang des dieux.
Et vous , peuples , témoins d'un aussi grand exemple ,
Rassurez vos esprits , et venez dans le temple ,
Unir vos cœurs au mien et brûler un encens
Qui porte à Jupiter nos vœux reconnaissans.

FIN DU CINQUIÈME ET DERNIER ACTE.